小说家的散文

张 欣 著

泡沫集

河南文艺出版社
·郑州·

作者简介

张欣，女，江苏人，生于北京。1969 年应征入伍，曾任卫生员、护士、文工团创作员，1984 年转业。1990 年毕业于北京大学作家班。现任广州市文学创作研究院专业作家。中国作协全国委员会委员，广东省作协副主席，广州市作协主席。主要作品有长篇小说《深喉》《不在梅边在柳边》《黎曼猜想》等，其中部分被改编为影视作品。

目录

第一辑　活快活

3

第四辑　心情成本

第六辑　因爱成疾

第七辑　我们为什么要非常努力

第一辑 · 活快活

换系风波

前后两年,都有千里之外的朋友的朋友托我,让我帮他们在南方上大学的孩子换系,第一句话都是,大学有认识的人吗?然后是换系的事,都认为是小事。我就此事去打听,不仅难度大,具体的正常途径记了三张纸,事后重看一遍,还有些不得要领。忙乎半天的结果,当然是没办成,在朋友那里也很没面子。

中国是人情社会,这一点没错。但是太多人相信熟人、人情、后门,其实这条路已经完全走不通了。就像开始加三聚氢胺还能赚到黑钱,现在是国产奶已经快没人敢喝了。许多事做到饱和,就再没有缝隙可钻。开始还觉得自己无能,后来听到一个后台比较硬的人说,若是高校的事就不必去碰了,估计他也是被碰得鼻青脸肿的。

日前,有年轻人重返北上广的新闻,说大城市的高房价高物价曾令不少人逃离北上广,回到二、三线城市,发现内地"拼爹"更不靠谱,至少大城市要规范很多,监管力度也相对较大,不至于"我爸是村长"都能吓死一个半个的,所以出现了许多人重返北上广的新高潮。

回想托我的朋友们,真的都是中小城市的,他们觉得托熟人办事很正常,而且一定能办成。他们和他们的孩子都觉得这有什么呀,若是在我们那儿,随便跺跺脚,那也是家家户户都落灰,你怎么就办不成事,怎么混的?

比这小的事我也办不成,我家钟点工的二代身份证,给她名字里的"容"字戴上草帽,成了"蓉",她存折里的钱取不出,叫我去找熟人,找到熟人,人家一万个为难,还是得走规章制度。结果阿容只好坐火车回到湖南更改身份证。

我也许是比较笨的人,但我还是越来越相信遇到事情走程序、走制度,凡事拿号排队,这样做人会轻松很多。想一想,每个人无非都有三五知己,认识的人一定有限,如果事事需要熟人,岂不是每天都在拉关系?维系关系也是需要花工夫的,这样忙下来,也不比公事公办花的力气少,尤其对年轻人来说,找人帮忙如若成了习惯,真是有百害而无一利。曾经有一位前辈对我说过,除非你有特别硬的关系,否则就必须有特别硬的本事,只有这两种人能在社会上真正玩得转。这句话让我受益良多,从此断了拉关系的念想。

索爱

我有一个朋友,优点就不用说了,缺点当然就更不用说,谁没有缺点?看谁都不顺眼那就是矫情。我只说她的特点,那就是每一段恋情她都是全情投入,最终又都是输得鸡毛鸭血。至此,千万别以为总是她被骗财骗色,而是无论她怎么奉献,对方的态度都是打死也要鸣锣收兵,不玩了。这时她就会苍天啊大地啊地问,我到底错在哪里?

她是有钱人,什么都不缺,每次要的仅仅是爱。

就像那句俗语说的一样,房子不是家,床不是睡眠,这个爱可不是有钱就能买到的。爱是奢侈品,更是不可再生资源,不是来年的荔枝比蜜甜。它有的时候就是满仓,没有的时候就跟咱们缺钱的口袋一样,比脸都干净。政府可以帮忙讨薪,爱这玩意儿也没法打白条。

宋丹丹绝对是个好母亲,她带巴图进娱乐圈时,隆重推出,言传身教，满脸写着老娘拼了。让人觉得以一己之力，不仅能扬名立万，每发微博经常成为话题，引来业内一通混战，雄霸娱乐版头条，还可以大张旗鼓地给儿子铺路，不愧为气场女王，简直就是全国妇女的骄傲。这一次女王火了，大骂前夫，为儿子索要十四年的父爱。

然而，爱不是周全，而是足秤。看到巴图的表现，便知道他不是一个缺爱的孩子，已经懂得宽容和体谅。犹如我们的身体，因病割掉了半个胃，拿掉了一个肾，开始肯定是不适应，但是慢慢地，身体便出现了奇妙的代偿功能，同样维持着全身的运作。爱也一样，如果能够同时来自父母当然最好，若没有，或者暂时没有，一份深爱也是够的。

每个人对于事物的认识都有一个过程，这个过程可能是三年，也可能是二十年，所谓一叶障目就是在这个过程中存在的个人偏颇。巴图的好，或许终会被他的父亲认识到，常常是"强制执行"会把人的逆反心理拱出来。

再说回我的朋友，她的前任男友据她描述是找了一个一无所有的女人，我无法解释，只能说真爱降临。她深受刺激，整整三年跟我探讨这个问题。有人说职场上的饿人是找不着饭吃的；同样，再强大的人只要开口索爱，就是既输人又输阵。

6

实话

实话不好听,所以没人爱听,更没人爱信。

人最爱听的是忽悠,所以忽悠盛行。说,隆胸立马变成梦露,许多女人就奥美定了。说,贵的就是意大利的,我们就达·芬奇了。老板投资影视,最不爱听的是不一定赚钱,要说不仅盆满钵满,还能去戛纳,走红地毯,这么聊事儿容易成。官员爱听英明决策目光远大这一类的话,我就见过许多艺术家围着一个官员,死活说他是内行,当然,他不是。

实话,实是粗茶淡饭,喜欢不喜欢甚至是个审美问题。

与我多年合作的一位同行,当年的志向是发财买悍马,但她凡事说实话,自然不讨喜,直到现在还开个破车,她儿子同学借去开了一下,回来问她儿子,这车你妈降得住吗?她无奈地说,没办法,说实话没人要听,也就没市场。她说她看着有人忽悠老板,把老板忽悠得舒服死了,就跟吸了可卡因似的,其实那个人一直为

7

非作歹,但有老板撑腰,还是颇成气候。

有一个策划人曾经推心置腹地对我说,张老师,你这么小的方案我们在董事会上都没法说,连讨论的兴趣都没有,要么就做大的,要么就不做。

自肃自查,我也觉得自己的胸怀、眼光、视野都有问题,这是真心话,不是调侃。

说实话和相信实话唯一的好处是心安,不至于白天被追债、晚上做噩梦。苏越这么好的音乐家,因为相信忽悠,开始谎话连篇,现实也没有放过他,有钱的老板未必讲情,终于东窗事发,千金散尽,最终妻离子散进了监狱,想一想真是让人痛心。

让你挖心挖肺坐卧不安的话,通常就是实话。请一定细细甄别,否则迷失的就是你自己。

恩惠

经常听到有人说,某某的一句话改变了他的一生。无论是怎样的一句话,总之起到了发愤和激励的作用。这是多么大的恩惠啊。可是说话的那个人通常都不记得他到底说了什么,居然点石成金。

物质上的东西,我们对别人的好,总是如数家珍,好像那些东西都还没送出去一样。如果对方略显轻视,或者就像什么都没发生过一样,摆出一副公事公办的面孔,真是让人火大。

然而现在的人,都是见过大世面的,别说小恩小惠,就是大恩大德也未必记得,只当一切都是应该的,这样的人和事比比皆是。

你给保姆加工资,那是因为你离不开人家,别自以为仁慈。请下属吃饭,是拉拢他们帮你好好干活,别往体恤上想;即使是豪华饭局,未必是登高一呼应者如云,最担心的还是被请的人到底来不来。来了,那是给你面子。小费给得高一点,虚荣嘛,喜欢别人感恩戴德的感觉。有人说看过你的文章，要说感谢帮衬，千万别洋洋自得，以为人家在夸奖你有才华。在文字不吃香的今天，那可是对你天大的恩惠。凡事这么想，心情会好很多。星云法师说过，施和受是同等的功德。想一想施的人并不占上风，世俗之事也可一通百通。

胡适当年送给李敖一千块钱，解决了一个年轻人的一时之难。今天的李敖时时感念，挂在嘴边，并给北京大学捐了一百多万台币，希望给胡先生竖一座铜像。相信当年得到胡先生恩惠的不止一两个人，但是唯有李敖既有胸襟又有能力地成就了一段佳话。

中国人不见得多么喜欢对着镜子自吹自擂的狂人，但是对李先生不得不存有一份尊重，除了他的才华和学问之外，这种老古董一般的处世方式，着实让人心生敬佩，无话可说。

点到为止

岁月不饶人,转眼之间我也到了听费玉清的年龄。人可能是历练之后,才会喜欢比较阴柔的气息,硬碰硬的人生里,终究会发现以柔克刚的奥妙。

费玉清的演唱会,给人留下最深的印象是他的诚意感动了现场观众,这从他的歌声、言谈,还有他额头细密的汗珠(我坐第一排,而且有大屏幕)中都可以感受到。然而最让我受益的是他的审美倾向,看演唱会本身就是美的巡礼和享受,从中有一点思考会是意外惊喜。

首先他从头到尾都没有换装,就是一套合体的深色西装,衬衣领带,例牌的招牌装束,给人的感觉是干净而有自信。其次,他所选择的歌曲,适合各阶层和各个年龄段的观众,但最重要的是最适合他自己的嗓音和发挥,以至于别人的成名曲,照样被他演绎得出神入化、掌声不断。这期间,他出人意料地唱了一曲《十送红军》，被他收集在南方小调一类里让观众听韵味，但他仅仅唱了一段也就结束了，并没有大唱红歌有哪怕一点点讨好之嫌，既亲切又得体。在他的整台晚会上，他歌曲的两个伴舞，是一男一女两位搭档型舞者，值得称道的是那个女孩子，身材无可挑剔的完美，穿着性感，无论是拉丁，还是恰恰，或者探戈，舞姿之娴熟优雅令人叹为观止，然而每一次出场，都是在观众恋恋不舍的目光下悄然隐去，留下一片淡淡的怅然。

总而言之，一切都是点到为止。

当然，频繁换服装的歌星未必不好，像百变女神梅艳芳、特立独行的王菲，同样美得炫目。但有些大牌歌星对美的理解就是堆砌，就是花钱，就是眼花缭乱，热衷于大杂烩、大热闹，拖着那种让人匪夷所思的服饰满台走。对艺术和审美，完全没有自己的认识和品位，实在令人失望。

费玉清为何是常青树？皆因他总是能在纷乱的舞台上找到自己，懂得少就是多的道理，懂得点到为止比富足饱满更能为艺术加分，懂得在没有年龄优势之后品位的重要性，懂得在这个激进的年代什么是恰到好处。

刹车失灵

一位著名的舞蹈家，在飞机上被人认了出来，大家都想看她跳舞，百般邀请，她不同意。而且飞机上哪有多余的空间？但后来她还是跳了类似肩上或掌中这样的美丽舞蹈。然而她一发不可收拾，直跳到飞机降落空姐干预，观众也从热烈变成尴尬，成为笑谈。这就是刹车失灵。

我们生活中有许多这样的现象，开始挺正常的，看上去很美，直至流行到臭大街还有人稳步后尘。其实所谓时尚，就是一种区别。

再如一个人有一两件奢侈品是点缀，但是在奢侈品堆里大秀特秀就是刹车失灵。电视里无数的法制节目里，悔恨难当、双泪长流的嫌犯有多少不是因为小事发生口角，继而变成争斗，最终惹出命案？这也是刹车失灵。

也就是说，通常，我们在极度快乐和极度愤怒中，都有可能不计后果。过把瘾就死可以是一句台词,但生活中却不可履行,因为后果可能伤不起。

我们管理自己的情绪,启动刹车时会有不快或者难受的症状出现,比如受了委屈,比如很想把事情说清楚,再比如失恋时自残或者想干脆一死了之,大家干净。这时潜意识里若可以启动刹车功能,情况真的会好得多。但当时那一刻却是无论如何忍不了,过不去了。

经常听到有人说,我受够了。可是生活就是受够之后重新再受啊,而刹车就是停,就是把整件事放一放不作任何处理,避免意外发生。

时间能治百病。关键是学会停顿片刻,之后会出现奇怪的现象:完美无缺的事物可能褪去光环,神憎鬼厌的对手竟然可以一笑泯恩仇。如果时光逝去,吸引你的东西依然吸引你,憎恨的人只想他死,那时再作计较也是一样的。

不抛弃、不放弃肯定是一种人生的境界,但是不强求、不纠结也是人生必须修炼的内功。一部车没有刹车是可怕的,也没有人敢开着它上路。但是不具备刹车功能的人,我们却经常可以看到。

所以,知止是至高的智慧。

活快活

受到邀请，我仔细想了想，身为职业作者，还真的从来没有在北方的报纸上开过专栏。也许是缘分不到，也许是我一直生活在南方，总之活动范围到达北京，便觉得已经有些不着边际。

我不太了解北方的规矩，编辑对我的犹豫也有些奇怪，大概在他们看来，能写长篇小说的人写写千字文岂不是小菜一碟。但其实真不是这么回事，专栏很是一个活儿，要能在有限的篇幅里活色生香、灵动有趣并非易事，最重要的是按时交稿，保质保量。可以说这个行当里高手如云，写字多的人并没有什么优势，同样都要认真对待。

南方的专栏有开栏语，有栏题，我曾开过的栏目叫过"张看""纸博""围炉取暖"等。我开的专栏很少，因为知道做一辈子好事难，文章写多了还能足斤足料着实是一件难事，结果猫丢了狗丢了，隔壁老王串下门全写成文章，毕竟有欺秤之嫌。

这一次的栏题就叫"活快活"。大约是在一年前,我和齐欣还有李冰受人之托,要搞一个系列喜剧,剧名就叫《活快活》,是李冰起的。后来因为各种原因,项目下马,但是这个名字我一直喜欢,用在这里也不错。我的意思是,专栏都有写不下去的时候,但只要和读者相处一天,咱们就快乐一点,轻松一点。

　　我们这一辈的作家,还是受精英教育长大的,文章无论长短,都喜欢讲道理,就连我自己都挺烦的。因为讲道理的文章容易举轻若重,不如随心随性随意,或者只是瞬间的感受,也就行了。一个评论家朋友说,作家应该离理论远一些,应该比一般的人更感性一些。一个设计师说,有意识的时候会去思考,只有无意识的时候才会去梦想。莫奈看到别人对他画作的评价高深莫测,他说我都不明白是怎么回事,只是被当时的光线和色彩打动了。

　　所以,还是不要讲道理,而是有感而发;不要讨论幸福,而要活快活。

　　是为开栏语。

另有深意

每隔一段时间,都会有热气腾腾的"作家富豪榜"出笼,大部分作家自然都是三缄其口,不作评价。因为无论说什么都是错,都有泛酸的嫌疑。我当然也没有傻到要来评价这件事,只不过是被指引着想到文人到底有什么用?

百无一用是公众对文人的评价,在我们身上也的确有俗不可耐的一面,这些都是事实,也没什么好辩解的。

但也容我弱弱地说一句,文人比较强的一面是可以改变气场,这一点很神奇。无论是在殿堂还是居陋室,文人总有办法让生活变得不那么闷。这是因为文人有亦庄亦谐的本领,说起生命的伟大庄严和渺小可笑可以同样逻辑缜密或者入情入理。无论说着火了还是我爱你都可以妙趣横生。

我当文学青年的时候,有一次在凤凰山开笔会,本来爬山累得稀里哗啦的,却在山顶看到刘震云在帮小贩卖东西,魏人在跟小贩聊天。小贩有点吃不准,魏人介绍大声叫卖的刘震云是他的马夫,不找点事做就难受。还有一次笔会我们赶夜路,记得是在一个陌生的乡下,四周黑得瘆人也静得瘆人,只有我们几个人沙沙的脚步声,这时莫言突然说后面有狼,于是大伙讨论把谁先扔出去喂狼给大家争取时间逃命,太老太嫩太瘦狼都会不爱吃或者吃太快,再或者没什么可吃的,结果就是大家谁也跑不掉。还有一次是开重要的会议,会议隆重而沉闷,于是就有文人把自称最不功利的文人骗到宾馆大门口,说是有重要的媒体采访,然后众人在窗口看着最不功利的文人冒着大雪在门口跺脚苦等。

现在文学和文人都被边缘化了,有一回过节市领导接见,我们被排在环卫工人后面,这真的没什么,就是排在前面也说明不了什么。但我还是要说,文学是一盏灯,它真的可以照亮你的生活。文人的价值也另有深意,就像阿城和王朔这样的文人,为何总有人朝圣一般地拥向他们,以能和他们交谈为荣?他们的才智和看待人生的别样角度是你无法想象的,同样,带来的心底的快乐也是难以替代的。你也会因此相信,原来精神和物质有着同样强大的力量。

食在广州

　　广东人对于饮食的热爱和包容,简直就是母亲才有的胸怀。像相对冷门一点的云贵菜系,或者广西菜、福建菜、新疆菜什么的,国外的土耳其菜、印度菜等,总之就是那种进去坐下来也不知该怎么点菜的饭馆,广州都能找到,而且也不乏食客捧场。

　　若干若干年以前,东北菜在广州火过一把。是在哈尔滨人开的冰花酒店三楼,当时满城都在讲大拉皮、小鸡炖蘑菇、地三鲜,虽说仅是初级阶段,但是早早去冰花占座位变成一件时尚的事,没吃过的人就是落伍、不用混了的感觉。后来据称生意实在太火,冰花的领班便带着自己的班底拉出去单干,取名叫作"东北人",但始终没火过冰花当时的盛况。紧接着,各种名目的东北菜馆星罗棋布,那一阵风就算吹过去了。

　　如今比较时尚的是私房菜。曾几何时,常有老板做大,就是饭馆大到一望无际,可以容纳上千人同时开饭,规模宏大。若是自助餐，有可能许多食品尝不到一口，只因太过丰富，阵势吓人。有大就有小，私房菜应运而生，主要是店主喜欢呼朋引类，慢慢就成为"私宴"。首先就是店面小，原则上没有餐牌，以当天的食材为准，当然会有保留的招牌菜。通常要有朋友带才能找到地方，因为店面并不临街，藏在居民楼里生客根本找不到。我吃的最小的日本店，最多容下7个客人，手工拉面的咸淡和多葱是不变的，若不合口味，下次可以不来，但干扰厨师，说三道四，他便觉得自己的作品不完美了。

　　说到本土的食文化，茶餐厅是不能不提的，特点就是家常和简单，丰俭由人，也比较适合外地人选择。每一种类都配得齐全，有饭有菜有汤，有的还配甜点，明码实价，童叟无欺。你可以根据自己的财务状况做出选择，而且绝对美味，并非二十几块就吃一顿喂猪餐。茶餐厅待客比较体贴，奶茶或咖啡不要甜的叫"走糖"，不吃葱的人叫"走葱"。如果有人说"全走"，那就是葱姜蒜全都不要，真不知大厨怎么做这个菜。但总之，食客千奇百怪，茶餐厅都是处变不惊的。

第二辑 饭局说什么

生活中的逻辑学

隔三差五,会有银行的工作人员打电话来,问要不要升级金卡,无非就是可以多一点透支额度,但是欠债总是要还,我也兴趣不大。但我的一个朋友想升级金卡,银行却不肯,唯一的原因是她照实说自己目前没有工作,实际上她年轻时赚了不少钱,后来炒股又赚了不少。当然她完全可以印个假名片,谎称自己有工作。而银行也可以查看她的诚信记录,决定是否给她升级。但是她若不肯撒谎,而银行又不愿意为了个别现象坏了规矩,那她就不能升级。这便是生活中的逻辑学。

找一份在五星级看厕所的工作,要大专文凭。这简直就是逼着大叔大婶们造假,盖个萝卜章一切 ok(好了)。这也是生活中的逻辑学。

我常碰到有的朋友,没见几面就掏心掏肺地讲她的私事,甚至说得一把鼻涕一把泪。之后不久就对我说,该你了。意思是你也要告诉我你的隐秘。我实在是非常犹豫,朋友便会说,我并非多想知道你的事,但是这不公平。看吧,这也是生活中的逻辑学。尽管你心里想说,你的事我问都没问,是你自己想说,怎么现在成了我欠你的?但是没人听你的道理,若对方没有恶意,也只好从实招来。

然而,当今又有许多现象呈现出毫无逻辑的状态。譬如有的人抄袭造假照样如鱼得水;或者你加班加点辛苦劳作但是被提拔的并不是你;再或者你对同事诉说衷肠真情款款却遭遇流言或嘲笑;更有甚者可能为了一个职位一点利益便遭蜜友背叛。总之这样的例子数不胜数,我们不止一次地在心中感慨,到底是我错了,还是这个世界疯了?

但其实生活在继续,什么都没有改变。看似无序的现状仅是表象,任何时代岂能没有自己的底线和逻辑?也许只是需要一些时间而已。长久地看,老实的人、有美德的人都是不吃亏的,这不是一句空话。原因是你是什么样的人完全是自我塑造,谁愿意跟坏人在一起?即使是品质不好的人,也知道会被同样的人暗算。所谓"路遥知马力,日久见人心",这便是铁一般的逻辑学啊。

健身

我开始健身的时候,目的非常功利,就是要瘦,然后保持住瘦。这是因为中年之后,身体的代谢变慢,就算饮食节制,不暴饮暴食,还是会进得多消耗得少,这也是许多人坚持终生减肥的原因。

人身上有两样东西是需要管理的。一个是情绪,稍不约束就可能失控,许多荒唐甚至是匪夷所思的事,肇事者唯一的理由就是不爽,或者心情不好。看电视里的法制节目,大多数也是失去理智,最终成了杀人犯。第二个便是身体。身体并不是空洞的"我",而是具体到由不同的器官和骨骼肌肤组成,吃垃圾食品,常年烟熏酒浸,晚上不睡早上不起,从不维修,任意变形。这两样东西都是用最直接的方式告诉别人,你是从不管理自己的,基本上没有意志,难担重任,或者并不值得信任。

有许多人会说,我上班或者逛街可以累到回家不吃不喝倒头便睡。但是，亲，那不是健身，健身是一件专业性很强的事，需要专业人士的指导。就算是登山、跳广场舞、练瑜伽等，都有可能过度磨损关节，腰部反复承力而身体其他部位成为锻炼的死角。这是因为每个人的情况不同。总的来说，动肯定比不动好（打坐也算动），而有针对性的健身只是升级版而已。

在健身房，教练会根据不同的体质设定你是增肌还是强化体能，是瘦腿还是瘦胳膊，或者针对腰围制定课程。你也可以有自己的要求，双方的情况结合起来会更好。有不少人既减重又塑形，这跟好的健身教练的专业性分不开。

健身最重要的并不是强度而是坚持，每周两次就可以了，因为过高的标准你很难坚持。我的一个朋友行头齐全，但的确是工作非常忙，结果永远都搞不成事。

我个人的健身体会是，减肥没有想象中那么快，或者效果那么明显，但是随着时间的推移，你会觉得身体的整体情况在变好，尤其是情绪和睡眠。可能是它消耗掉一些体力、多余的卡路里，还有无名的焦虑和烦恼，这一点真的有点神奇，健身之后的疲累反而让人轻松了许多。

做一件事而两方面受益是挺划得来的，并且，还是相信因果论吧，身体就是这样，你不爱惜它，它是不会效忠你的。

方所

　　方所是一家民营书店的名字，走的是台湾诚品书店的路子。"方所"二字取材于南朝梁代文学家萧统的"定是常住，便成方所"，可见用心之良苦。在实体书店多有倒闭的新闻传来之际，方所居然开在本市高调开张的太古汇，与路易威登、爱马仕这一类的旗舰店比肩而立。尽管它的店面设计暗如洞穴，给人神秘古怪的感觉，但是将近2000平方米的空间，包括了书店、服饰设计、美学生活、咖啡等，据称开业两天就达到了30万元的营业额。

　　可见，这是一个讲包装讲排场的时代。过去的实体书店基本都是新华书店模式，其特色是没有特色，千店一面，单调至极。久而久之，当然失去竞争力。后来广州有了唐宁书店，丰富了不少，也卖画兼卖小工艺品，同时有爱读书人士的聚会。但是唐宁还不可能进驻太古汇这样的高端商铺，显得有些边缘小众。而方所则可以在全国请名家开讲座，气势当然有所不同。

我在店里注意观察了一下,并非周末假日,店里还是顾客盈门。并且这么庞杂的客流,人们的穿着无论丰俭都比较知性,而且有一定的品位。不像在那些名牌店,经常会冒出一个暴发户或者俗不可耐的跟现场没有一点关系的人,着实让人胃口大败。因为有时去名牌店也是为了养眼,让资产阶级的香风臭气吹吹,省得一干活就觉得累。但是在方所,满眼感觉的就是舒服。也对,暴发户再没事也不会跑书店啊。

这说明现如今的文艺青年多了去了,还有一些达到小康水准的中产阶级,也不是人人都想当乔布斯或者盖茨,更多的人懂得了平静而有品质的生活是可以滋养心灵的,心灵的丰富也能高人一等。所以方所这样的地方也算是应运而生。的确,我们不能一边劝人阅读,养心安神,传扬美的教化;一边又只能让人席地而坐,因陋就简。有些仪式感的东西是不可或缺的,而有些形式本身恰恰是内容的一部分。

所以说有些事物的没落,并非它已经完全没有市场需求,只能退出历史舞台,而是需要变化、丰富、具备美感。如果仅仅是找一本书,网上就可以搞掂,但是闲暇虚度就会选择一个情调场所,就像谁不能坐在家里喝咖啡,干吗非去星巴克不可?打住,你知道我在说什么。

兰圃

　　相比起大型的主题公园，兰圃就显得有点太小了，但是它也是公园，听名称就知道是以兰花为特色的公园。里面的布局的确十分精致，曲径通幽，碧绿成荫，有一间像暖房一样的兰室内，放着品种繁多的兰花，各成其美，独自芳香。

　　一直很喜欢兰圃，若是雨季，那里更是优雅宁静。由于它是"文革"前便有的公园，所以比较遵循传统的审美标准，建筑朴素，色彩更注重沉稳和谐，可以说是不同的绿色之集大成，明绿暗绿，重重叠叠，无论近墨或花哨，竟是不肯哪怕是用一朵红花来调和，反而是完全彻底的绿色，让人感觉到兰的高贵与坚持。

　　有一段时间，大伙把改革开放理解成想尽一切办法挣钱。兰圃也开了若干家的茶馆，走的是不高不低、不便宜也不十分贵的路线。去过两次，觉得吵吵闹闹的，完全破坏了它原有的风格。的确有点像本来一桌书生在吃饭，冷不丁跑来一个杀猪的，坐下就吃。倒不是说劳动人民就不能去兰圃,而是这里说白了单调得很,只是仅有一种品位和神韵需要一点一点去感受。而且真正伤春悲秋也未必是好地方,反而是无事悠闲虚度光阴时最得兰美人的淡雅芳菲,让人不觉时光已去。兰圃过于世俗化委实欠妥,于是便很久不去了。

忽有一日,广州宣布各大公园全部为市民免费开放,以至于一到节假日各大公园人潮涌涌。而国人对于"大"有了前所未有的向往和热爱。广交会,大型的动漫展,各种美食节、购物节都能在短时间内人气急升、人山人海。相应的,我也是忽一日像个负心的轻薄男子,稍起缱绻之情,有意会一会我的兰美人。

结果还真是让人有些意外。也许兰圃属于园林局管辖,得以逃脱免票的厄运,自然门可罗雀。进门之后,发现那些各色茶馆已经基本歇业,唯一一个留下来的茶室有一个临池的大阳台,还是简洁朴素,池塘里金鱼四处游动。喝茶很便宜,配有一些花生瓜子还有小点心,但就几样,一副志不在此的样子。服务员也是有一搭无一搭,仿佛没有客人才算正常。事实上也的确没有什么客人,景色单一,又没有附庸风雅的茶馆外加买票进场,哪有什么卖点?总之那一天就我和朋友两个人,我们叫了一壶茶,坐在阳台上闲聊、发呆,面对满眼的绿色,仿佛置身自家的庭院。只可惜天气过于晴好,我的兰少了一点点迷离和媚惑。

这便是兰圃,美人依旧。

二沙

二沙的全称是二沙岛,但它并不是那种真正四面临水的概念,而是一面临江,当然是珠江。这里实在是广州的一块风水宝地,就在市区内,却自成一格,相当清静,可谓寸土寸金。这么说吧,假如你告诉别人你住在二沙岛,其他什么都不用说,当地人就知道你非富即贵。

二沙最早的标志性建筑是星海音乐厅,屋顶的设计像扯起的风帆,面对着珠江遥相呼应,像是一艘大船随时准备出海。音乐厅并不大,很快就被后建的广州大剧院或"月光宝盒"(即广东博物馆)等新型标志物比成了小弟弟。但是听音乐讲的是舒适,未必需要那么大。而且最初到这里来听音乐的人,晚间散场,迎面看到的便是夜珠江的美丽:两岸霓虹耀眼,江风阵阵,江水如绸缎一般柔顺平和,还有夜游珠江的客轮慢吞吞地驶过来驶过去。

于是,渐渐有许多人到这里散步,二沙给人的感觉也从远若星辰变得可亲可感。由此得名,成为时尚小资人士趋之若鹜的地方。

人气总是可以催旺商机,音乐厅的旁边就是美术馆,还有饭店和酒吧。遇到初来广州的亲朋好友,到二沙吃饭而后沿江散步可以成为一个圆满的项目,通常会宾主尽欢。发展到后来,沿江的一面会有文艺青年驻唱,他们自带电吉他,歌喉也还不错,有人路过,会坐在台阶上听一会儿,鼓掌喝彩什么的,有嗓音的也可以点歌自唱。其间,双人的或三人的自行车率性骑过,留下快乐的笑声。单看这一带,有点"清明上河图"的味道。

离开沿江的一面,纵深部分就是十分宽敞的空间,称作花园也不为过,有绿树、山石和花草,却空荡荡的没有什么人。远处,一幢一幢的别墅并非都那么富丽堂皇,据说这里就是管理费贵,对于常人来说,送你一套房子你也住不起。而且这里没有农贸市场,如果厌倦了超市里的物品,随便什么都要开车外出去买,所以二沙的环境始终优雅洁净,保持了高尚住宅区的品质。

以前说到富贵梦,在二沙买房是一句豪言壮语,但多半是说说而已。但其实,美好的东西可以共享,未必需要独自拥有。世界上的事,真正拥有了反倒没了兴致,着实怪诞。

慎伪

人都好面子，天性使然。明明喝了粥，要做吃了烤鸭状，撑得难受；或是赋闲在家，却说自己如何忙如何大受欢迎赶场子。这些都无所谓，真那么如实道来，活着还有什么意思？

然而，伪到什么程度，这又是一个问题。前些天，一个朋友跟我诉苦，找了一个比自己小很多的女孩，同居不到一年，已经打得要出人命。分手，人家要分手费，数目也不小。男人，喜欢洛丽塔实属正常。但要搞掂洛丽塔恐非易事。说到伪，肯定是把自己浓墨重彩一番，令少不更事的女孩误以为他是丁磊马云或者王中军王中磊。结果住在一起后，发现理想和现实相距太大，难免不发生都放下面具，露出惊人的本性之事。注意，这还不是骗，就是伪，不是无中生有，而是以小博大，把有影儿的事添油加醋变成巨大的肥皂泡。

还有一个女朋友也是一样，住豪宅，开跑车，拎名牌包包，养

33

全身雪白长毛的大狗。不知道的，以为她是豪门千金，至少赌王是她家亲戚。然而她的经济条件和家庭背景都非常一般，一般到只能算是伪富婆，结果结识的男友最终一一离去，看来问题都是大失所望。冲着钻石而去，鉴定下来是玻璃珠，于是无心恋战。另一女友也是以影视投资人的面目出现，但她根本没钱，准确地说是有小钱没大钱，围在她身边的所谓名人也就一哄而散。

人有时会有错觉，以为只要自己把最光鲜靓丽的一面示人，就会有更多的机会。但其实常常事与愿违，这年头，人心岂止是浮躁，都养得极大极贪，没有最好只有更好。说到寻找另一半，都恨不得一步登天。

所以假如你是一个平凡的人，就一定不必把戏做到十二分，把人的期望值高高吊起又狠狠摔下。不如就真实一点，若是能让人慢慢发现你的优点，那就更好。关键是人演得太久了，会变异，戏梦终究不是人生，如人所说演的人假正经，看的人真无情。若到了真假难分的境地，午夜梦回，夜凉如水，心底也是明白的。凡事最终都会图穷匕现，去伪存真。

间距有度

植树和插秧都讲究间距,为的是彼此留出生存空间。人与人之间的交往,世人皆知距离产生美,但如何间距有度仍旧是个难题,真正做得好并不容易。

我有一个朋友,曾经走得很密,结果发现遇到具体问题,我们的价值观大相径庭,而且并无默契,于是我暴跳如雷,她的优点是并不生气,但是类似的问题一犯再犯。终于我发狠把与她的间距拉到闺蜜之外,没想到我们反而相处得好了,我发现她其实帮助我解决掉不少难题,我也不至于总是气急败坏。这说明当初还是距离太近,所以要求过高,两人都感觉到辛苦。

有的夫妻,离异之后反而成为很铁的朋友,估计也是因为有了间距,许多事情不是应该而是相助,感恩之心油然而生。

另一种情况是亲人之间撂狠话千万别当真,一块跟着骂就是犯傻,调解、说好话或者沉默都可以。我常遇到思维混乱的人,对人的看法永远一事一议，并不注重大方向，或者整体评价一个人。行事也是抖机灵，突然横空出世，哇啦哇啦说一通，哭得梨花带雨，转眼又没那么回事了，一切都像没发生。当然当然，人家是有血亲的，或属亲密关系，什么事不能化解呢？那么对于围观和参战的我们，情何以堪？原来搭进去的时间和精力，推心置腹的心血根本毫无意义。经过反思，我发现人最容易犯的毛病是只记得自己对别人的好，而淡化了别人为自己的付出，说到底是间距失真了，以为自己不是亲人胜似亲人。如果一直保持距离，断不会身心疲惫。

最后一种情况就是与既有工作关系又以蜜友相称的人相处。这绝对是高难度的自选动作，间距必须精准，否则反而招致不快，还不如与单纯关系的人相处起来那么简单，有事说事，无事不扰。但是双重关系的人就比较复杂，远了有些失礼，显得为友无情无义；近了尤听不得伤害的话，好像自己只奔着利益而去，友谊和利益纠结在一起，面目不清。所以才有淡如水的说法。总之，间距的要害是：越亲密，越脆弱，经不起一点风吹草动。世人常说，不要对人太好。真是个中滋味，甘苦自知。

过程

　　任何时候，相见都不必恨晚。见面时热情万丈,喝完酒从此并无来往的事我们见多了。对于闪婚闪离的人,我们并不惊奇。最悲催的是看到那些受骗人的经历,通常都是极短的时间就开始把钱真诚地送给骗子。

　　许许多多的事,我们不是享受过程,而是没有过程。

　　日久见人心,这话一点错也没有。技艺再高超的演员,都有露馅或演不下去的一天。暴露问题是需要时间的,培养感情就更需要时间,需要积累和惺惺相惜。我们人生中留下的朋友,常常是交往了很多年的,知道彼此的脾性,像老家具一样看着陈旧,用着顺手。

　　知道彼此的缺点,也需要过程。多年前,我和舒婷一起开笔会,她说下次去福州玩可以找她的一个朋友,并说这个朋友的缺点就是说话不算数。当时我就给惊着了,我说那你们还是朋友吗？她轻描淡写地说，知道缺点的人才能做朋友啊。她当时并没有历数这个朋友的优点，但我现在想来，估计也是大有优点的。比如有趣、健谈、贪玩、吃货等等，都是重大优点啊。当然我至今未去过福州，也没有见到这位朋友。但我明白了一个道理，那就是无论友谊还是爱情，都是为人的缺点准备的。

应该说，每个人对幻灭感都不陌生。为什么？自然是对一个人或一件事大失所望。所以，永远都不要忽视过程。过程自会滤掉种种的不堪。

而在波澜不惊甚至沉闷无聊的过程中，人性的本真面貌会像显影剂一样慢慢呈现。过去躲在自制的暗房里冲洗黑白照片，就是这样的感觉，直到定影才看清照片的构图、景深和表情，看清楚自己和他人那一瞬间的样子。

我有时对新朋友会淡淡的，不是心里不喜欢，新朋友的热情、才华、诚恳都让我心动，但我坚持与人相交要有过程，其中也包含让别人真正了解和包容自己，否则一步进入蜜月期，看上去相亲相爱、海誓山盟，最终因并非一路人而相忘于江湖。那还不如慢一点，在过程中了解彼此，也不至于浪费时间和表情。

但如今很多人是不要过程的，也是不想浪费时间和表情。

浓厚之淡

有一种高汤，是用足量的鸡胸肉、火腿、干贝吊出来的，所以看似清淡如水，食之味道万千。这就是浓厚之淡。在生活中，无论是佛说、俗说，还是圣贤说，都是劝人淡泊名利荣辱不惊的。可见这是一个至高的境界。想一想，那些令我们真心佩服的人，并非他们的金钱与伟业令人称颂，而恰恰是他们的淡泊之心以及宽厚的情怀让人久久难忘。

可是我们为什么做不到呢？我们为什么总是为名为利跟人急眼呢？或许是还没有浓厚过吧。所谓淡，一定是相比浓之后而有的境况。就像醉过爱过，方知酒香情重。一个穷人视金钱如粪土并没有多少说服力，会被解读为自我宽心或精神胜利法。一个美女洗尽铅华才有价值，丑人就享受不到同等的礼遇而自生自灭。这都是深入大众内心的潜规则。爱迪生成为发明家，小时候学习不好才成为美谈。盖茨也是，成为首富，他当年的退学就显得耐人寻味。

艺人的生涯就更是如此，高度浓缩了浓淡之别，让人不胜唏嘘。像谢贤话当年，他是极度风光过、富有过，现在也算不淡之淡。白先勇笔下的上海，是作者看尽繁华奢靡之后的淡淡诉说。

说了这么多，简而言之就是人生要努力，要很努力，尤其是年轻的时候要非常努力。这种努力并不是疯狂的加班，或者夜夜笙歌陪人应酬，有时真是相当寂寞，要看书要学习要思考要践行，就是要独具坚强的专注力和执行力，别人做不到的事情你能做深做透。而所有这一切跟武士练功一样，外功尤可见长如芝麻开花节节高，内功却是一厘厘一寸寸呕心沥血。而只有长了内功，才有可能换来浓厚之淡。所谓无限风光在险峰，大概就是这个意思。

有大作为的人都是煎熬过的、磨砺过的。否则就一定会斤斤计较，将名利之事看得唯此唯大。这不是心胸的问题，是存在决定意识。

在这个高速发展的时代，固然有不少过劳死的案例，但也有相当多的人每天都在混，完全不思进取，对自己毫无要求，还要自诩平平淡淡才是真，实属一场误会。因为淡，并不是无所事事，更不是好逸恶劳。做人的唯一机遇就是努力工作，热爱学习，丰富自己。当我们越过一座一座的山峰，领略过山上的风光，再来体味闲庭信步、云卷云舒，才能够真正明白为何人生要用减法的含义。

做过而不是说过

感情方面出现问题,女人比较容易喋喋不休,但是听来听去好像也没有什么大事,外人更无法评判对错。通常我会突然打断这种"痛说",问一句,你就告诉我一件事,他做的最感动你的一件事。听到这句话的反应,一般人都是沉默几秒,之后有人说雨夜送伞,有人说背着我去看病,有人说停电百里送蜡烛,有人说兜里的钱只够买一只大闸蟹他看着我吃,总之五花八门无奇不有。但也有人两眼发直,想来想去什么也说不出来。

或许每个女人都听过甜言蜜语,大多数女人也会很吃这一套。但当情感出现波折,说过什么实在拿不上台面,只有做过什么可以当作呈堂证供。

这时的女人,当她自己亲口说出被感动的事例,心中的怒火先已消去一半,剩下的情绪会变得比较容易整理。本来嘛,爱情这东西最容易成为陈年旧事,所谓浪漫大多都是点到即止,正常人不会总是捧着玫瑰花唱着小夜曲。也许正是因为稀缺、短暂才被人反复追问情为何物。于是一经提醒还是倍感珍贵,似乎与刚才痛恨的不是一个人。

但像黄霑,曾在万人面前对心中的女皇隔空喊爱,而在林燕妮那里也只得淡淡一句:手上唯一的信物是一件 700 港币的外套。所以说不是女人多么爱钻石,而是好话说得再多,都是没有计量衡的,可以随风飘散。但是克拉又不同,可以什么都不用说,是伟大爱情的物化方式,是岁月无痕之后的铁证。

热恋时当然是你侬我侬,但如果初始阶段都从未做过一件动心之事,那女人真该想一想,自己是怎么沦陷的。或者这之后,也不必再计较他的言行举止,因为他始终是这样一个人,只说不做。谁叫咱们是无知少女当了真呢。

还有一种女人,专门喜欢对她不理不睬的男人,男人冷若冰霜不说也不做,她却大发痴狂。我有一个朋友就有这种偏好,男人只要对她好就败了,她是天生虐心狂。当然是只对才子发情,不粉的人绝对没感觉。可是她所要求的回报是算总账式的,一旦付出到一定程度,才子仍旧不理不睬,她便开始历数双方的不对等性。可见没有人能够接受不说也不做的人。

那就对自己诚实一点,单方面的爱毕竟是难以维系的。

职场即情场

或许,每个人的职场生涯都是一部血泪史。但无论多难请不要轻言放弃,有人会说,我们都是手停口停,怎可能不做事?但也有人命好,不做也不愁钱花,尤其显得朝九晚五的艰辛、看人脸色的纠结和同工不同命的郁闷。然而在这种挣扎中,我们还是学到了本领,认识了朋友,同时也学会了跟各色人等打交道,有了阅历和历练。

如果碰巧做的是自己喜欢的事,那么职场又会变成另一个爱人,不仅相看两不厌,而且绝不会辜负和背叛,无论是进步还是挫败,它都和你默默厮守,等待着云开见月明。

通常,男人都是职场上永久的战士,他们天经地义人在阵地在,守得住守不住都要守,因为丰厚的回报——升迁、发财、艳遇,包括自信心和成就感都来自事业。但是女人的愿望却是嫁个有钱人做少奶奶,相夫教子。为什么女人内心深处都会对职场有点敬而远之？主要是干好了变成神憎鬼厌的女强人，干不好更是受尽委屈。所以才有干得好不如嫁得好的说法。可是即便如此，女人还是不能放弃职场。时代不同了，生活里充满了变数，假如男人或者繁忙或者走神，纠缠不清的时候，至少在职场还可以透一口气。

我有一个女朋友，美丽、多金，实在找不出要在职场拼杀的理由。当她憋闷的时候，才发现根本没有发泄的平台，什么茶道、插花、弹琴这一类才艺无非是讨老公或者自己欢心而已，并不能解救受伤的心灵。即便是期许一场艳遇来缓解眼前的伤痛，也是无土栽培让它在哪里发生呢？是的，当男人有了外遇，美丽的女主人除了流泪和叹息，又能做什么呢？

所以说职场即是情场，成就感固然是大浪淘沙难以寻觅，懂得你又能给你心灵安慰的人也并非随处可见，但这一切还是在希望之中，谁都不知道命运之手何时来个大逆转。千万不要以为这里不过是个挣钱的地方，它是我们和这个世界保持联系的通道。这是一个绿色通道，哪怕是只为自己挣一点脂粉钱，就算未必快乐，或许还有其他收获，说不定收获友谊或者知音。

有一份独立的工作和收入，这或许不是为年轻貌美的你准备的，但一定是为青春不再的你准备的。因为这个世界没有永远的少奶奶，李嘉欣那么富有，号称自己就是豪门，同时又嫁入豪门，生完孩子照样去工作，她真的不一定是为钱，她是在证明自己的价值。她就是那种永远都有机会的美丽女人。

取半舍满

　　书房里的水生绿萝总是碧绿茂盛,阳台上的就不行,看着它变黄变软,然后就牺牲了。一直以为它是不是更喜阴?后来去买凤尾竹,被告知浇水只可刚刚漫过根部。这才恍然大悟,书房里的绿萝就是因为经常忘记浇水,所幸没被淹死。而阳台上的几乎永远泡在水里。

　　清代的李密庵有一首《半半歌》,其中说道,"衾裳半素半轻鲜,肴馔半丰半俭。帆张半扇免翻颠,马放半僵稳便。半少却饶滋味,半多反厌纠缠",说的都是这个道理。为何水生植物反会被水淹死?实在饱含人生的哲理。以前穷的时候,喝鸡汤也就到顶了,现在不是燕鲍翅外加花胶海参,都不好意思提补这个字。如今的饮食如此丰富,还说缺钙缺维生素缺这缺那,其实我们最缺乏的,就是正确的理念。

　　老话说,要想保平安,三分饥与寒,特别是在一个富足的年代,适度而不过度尤为重要。轻则吃穿用度,重则做人做事,都应懂得取半舍满的道理。像培养孩子,要不就吃成个胖子,要不就上遍兴趣班,十八般武艺轮流上。想一想咱们自己是钢琴家还是舞蹈家?就算人老梦碎,何必跟孩子较劲?

最想说的是治病,非常让人痛惜的就是过度治疗。我有一个朋友本人就是医生,在给父亲治病直到父亲去世的过程中,深深的反思和忏悔,他就是太爱父亲,恨不得所有的治疗方案一起上,最终摧毁了父亲。看了周大新的《安魂》,他带儿子看病的过程让人揪心,他用了"酷刑"这两个字形容儿子在医院受尽了折磨。中央台曾经的主播罗京,也同样是过度治疗造成他过早地离开。而让他们痛苦离开的全部原因竟都是缘于深厚的爱。

当然不是说癌症不治会好,不是这个意思。只因我们的潜意识里更怕留有遗憾,害怕自责我们没尽到心,从而忽略了病人也有尊严,生命越短暂越要有质量。其实我们身体的生命力是惊人的,有着强大的修复功能。胃切掉了一半,开始每天要少量多餐,慢慢可恢复正常;肾拿掉了一个,另一个会变大来完成代偿功能;器官移植更是身体在想尽一切办法维系生命。所谓有病三分治七分养,就是要相信和依靠我们自身的能力,不能一味摧毁让它没有半点喘息的机会。我们要学会和疾病和解与共处,因为用力过猛有时会变成杀人的利器。

过下去

生活是明显富足了,但为何我们吃的是快餐,用的是山寨,精神层面是浅阅读浅愉悦?现在最牛的事也不是挣得多住得大开飞机开游艇,而是怎么把日子过下去。昔日的金童玉女铁青着脸闹翻,过往的模范夫妻亲手毁灭爱情神话。所以说不是物质基础越牢固,人与人的关系或者爱情就越扎实越坚如磐石。事实证明有时极大的丰盛会变成极大的虚无,人性与情感都有可能变得飘移不定。

都说相爱容易相处难,这话几乎成为自我安慰的借口。最近参加了一对年轻人的婚礼,现场花团簇锦,浪漫满屋。让人想到,谁的美好人生没有经历过这样的甜蜜和美满呢?都是自由恋爱,都是读你千遍也不倦,都是人间四月天,怎么突然就过不下去了呢?也许每个人的故事都不同,自然有不同的困惑或困境,但结果是一样的:过不下去了。

就像钱只有花掉才是钱，才发现它的神威。日子就是用来过的，不过就没有日子。日子通常不会因为辉煌而过不下去，常常是由于平凡、平淡、重复、毫无惊喜，更多的时候需要包容和忍耐，如果再碰上变故或者挫折，能够经受住考验的人委实不多。而这样一个所谓丰富多彩的时代，我们最打不败的便是平淡、庸常、琐碎，事业有成的人几乎与一事无成的人一样，都在寻找机会，急需改变，再不疯狂就老了。最不想过的就是太平的日子，多闷啊。

还有就是对张扬个性的矫枉过正，每个人都觉得我凭什么将就，凭什么对不起自己？压抑之后的解放也可以是病态的，都只能好上加好锦上添花，那么谁来当配角和绿叶呢？我有一个朋友可以说条件相当不错，可是他喜欢的人永远都是他罩不住的，结果可想而知。当然不是说单身的日子就不是日子，问题是他非常想成家，但阅尽春色收获荒凉，还是"标配"定得太高了吧。

所以不要小看过日子，如今绊倒人的都是一些简单至极的事。比如吃饭睡觉，有人就要暴饮暴食就要夜夜笙歌，于是年纪轻轻地就猝死。比如安全，有人就要酒驾就要当危险地区的驴友，结果危及自己的生命和让救援队陷入相同的危难。

而无论多么激情或者平淡的日子，也无论是妥协让步还是鸡飞狗走，想尽一切办法过下去才是本事。什么车子票子房子都是浮云，有或者没有都有可能过不下去。什么是成功？过下去。生活的最高奖项就是过下去。

饭局说什么

时代发展得太快，如果不与时俱进地刷新观念，难免不陷入失落或困惑之中。就像饭局这件事，早就不是你请不请的问题，而是别人肯不肯来吃。因为吃饭是个力气活儿，有人还愿意受累前往，实是请客的人倒欠下了人情。

先说人家答应了饭局，就算不用盛装出席，也得费心收拾一番，平时的短打休闲装束并不合适进酒店。然后点要忍受堵车或者无车挤地铁公交之烦恼，找到灯红酒绿的饭馆，搭上半条命。这些也就算了，关键是入座之后，彼此点头示意，依次介绍完毕，而后说什么？

现在不像从前了，可以随意地谈谈工作和生活。现在若谈工作，搞不清人家正在上呢，还是刚被整下来，或者误传高升结果一枕黄粱，还有的刚刚下岗，那不是哪壶不开提哪壶吗？

生活上的事就更没法谈。有些人的家庭是小三上位，你还在问前家人好不好，人家也没法答，而且也没必要跟你交代。谈论孩子就更是闹心，如果争气尚可一语带过，但若是开车撞人或被撞，或出国留学学无所成，或耽在网瘾里出不来，也是没法聊的一件事。房子和股票都是伤心事，除了一声叹息也就无话了。

于是聊八卦，也有不同的版本，各执一词，基本都是阴谋论，最终沦为坊间闲话，没什么意思。以至于众多人的饭局也会出现冷场，常常无话可说，来吃饭的人都觉得宁可什么都不说，也不要一脚踏进雷区。组织者还要想话题。吃完饭也都筋疲力尽。

有一段时间流行说段子，若有段子王光临饭局还是宾主尽欢的，但现在资讯太发达，有趣的段子几乎人人皆知，于是又少了一个聊天的方向。结果饭局若不是家庭聚会，组织一个非常费劲，不少人说可以埋单但绝不组织，要打无数的电话，还没人痛快答应，所以聪明的人都少沾这件事，除非目的性非常强的，主题明确的，否则一律婉拒。

当然，再怎么躲避，有些饭局也是绕不开的，所以平时还是尽可能留意一些无伤大雅的八卦，省得一不留神得罪了人还不自知，只知闷头吃饭也是犯忌，毕竟饭局是社交场所而不是家里的餐厅。

第三辑　女人为什么要自强

坚守

说过了坚持和坚信,还是要说一下坚守。因为近来看到有些年轻时相当得体和聪明的人,上了点年纪,突然就像做了变性手术一样,在郑重其事的场合穿出露肩露背装,差不多成了脱星,令人大吃一惊。有的人则变成话痨或者可以跟任何人抬杠、刻毒地贬损他人也绝不给年轻女孩任何机会的魔鬼。有人会说这就是老女人的标志,跟坚守没什么关系;怎么守,人都会变成这个样子。

这里说的守,当然是指自己的品行和底线,那么长时间的修行和修炼,无非希望自己能真正活出来,活明白。人为什么年轻的时候反而穿得严严实实,动不动就脸红羞涩,以示家教好,是好人家的好女孩;长了岁数,有了阅历,竟变成贾宝玉口中的鱼眼睛,没了骨子里的清高和矜贵,不管不顾了呢?

有人会说,明明是过来人,难道还去装无知少女吗?还去装清纯吗？可是亲,过来人又怎样？女人上了年纪仍可以洁净清澈,仍可以简单纯粹,这是做人的尺度,跟年龄并没有太大的关系。陈丹青说宋美龄上了年纪仍有一种姑娘气。这就是品质的坚守。人家本钱那么好的舒淇、叶玉卿都不露了,就算坚信自己有几分姿色,上了年纪,再大胆的暴露也只是自己过把瘾,并没有半点美感。

还有些人会说,我倒不是什么暴露狂,但我年轻的时候中规中矩,守身如玉,美丽善良,不是照样给男人骗,给婆婆骂,吃苦受累没得到丁点儿幸福,所以现在变得尖酸刻薄也是有理由的。当然当然,种瓜何以得豆？这的确是人生的不公平。但我们能够改变和左右的只有自己,放弃了良好的品质并不能解决任何问题,或许让事情变得更糟。做人不可以短见到破罐子破摔,以把自己变得更差来抵御生活的压力。从倪萍的《姥姥语录》里,可以看到一个旧式的平凡女人对人生人性的见识和见地,最终得到我们内心的尊重。

的确,一时一事的艰辛谁没经受过呢？但是坚守自己最基本的自重自爱、善良诚恳、严于责己宽以待人,包括体面和优雅,是必须也是值得的,不为任何人,只为对得起自己。是的,女人一辈子都要跟自己的矫揉造作、搞不清状况没有自知之明做斗争,同样,也要在突围和坚守之间做出抉择。抉择本身并无对错,但有高下之分。只是永远不必做自己年轻时厌恶的那种女人。

适度匮乏

表达感情的方式,有些女人是无微不至型。不仅嘘寒问暖,而且随叫随到。当然这样也不错,碰到对方是生活能力为零的人,自然是绝配。但对于大多数人来说,无论男女,每个人都是个体的、独立的,需要自己的空间。那个著名的"豪猪理论",包括"距离产生美",其实都是一个意思。

也就是说,所谓柔情蜜意得实难相忘,终是有个适度匮乏的基础,就像再美味的佳肴,若没有饥饿的肚子,还是没法相得益彰。

我有一个熟悉的人,她每天早上给老公的牙膏都挤好,其他自不必说,但结果还是离了婚。还有的人,生病是不希望探视的,女朋友就是不听,千方百计提着大包小罐到病房去,最终也因为服务过盛而宣告分手。女人们就是不明白,我的一片冰心到了你那里,何以就成了驴肝肺?所以说未必一个人对另一个人好到无以复加，就可以走得更远。而有一些聪明的女人，尤其懂得在生活中什么时候不理，什么时候出手。

华人中得到赞美最多的两个女人，一个是马英九的太太，独立自强，有主见，务实而不做作，女儿教育得知书达理，朴素低调。她的典型事例是非典期间马英九一个多月没回家，打电话给她说正好有空可以回家，她说你回来干吗？警报不是还没解除吗？另一个就是李安的妻子，她根本不介意李安在搞什么、有没有收入，从不去搅和老公的事。李安得奖无数，她都是始终如一的平和，并不以成功男人背后的女人自居，抑或是表露出当年可是我白养着天才若干年的自喜。

曾经，有一个女人跟我说她每个月存两元钱，为的是给老公买件大衣。当然那是物质非常匮乏，月工资不足 40 元要养全家的年代。她说，对你的另一半要好，但不要让他知道程度。当时我不太理解这些话，也不太理解这样的感情。但至少我明白了，匮乏有可能让感情闪闪发光。

如今是一个不讲留白的时代，欲望和情感更是横空出世的两把利剑，不舞得锋芒毕露剑走偏锋算什么老鼠爱大米？好就好到黏在一块，死了也要爱。然而一览感情的战场，依旧死伤无数。人吃五谷杂粮而生，经风雨磨砺而长，在孤独和寂寞中寻找温暖。古往今来的需求是一样的，所以无论怎样花样翻新，适度的匮乏仍不失为一种人生的智慧。

别问了，你做不到

减肥秘籍？驻颜妙方？八宝鸭子怎么做？别问了，你做不到。每周五次以上在健身房，每天吃十种以上的水果，做得到吗？反正我办不到。我也爱看电视里的做菜节目，还拿出纸笔，结果记到第三个步骤以后只剩下心烦：一会儿飞水，一会儿冰镇，一会儿勾芡，算了吧，还是上饭馆吧。

当代都市人最怕什么？没钱还是第二位的，第一就是怕麻烦。所以无良商人永远有可乘之机，一天减六斤，一针就变漂亮了，这样的鬼话一万年都有人信。但其实这个世界上哪有什么不外传的秘方？成功的人做的全是笨功夫，只要自认为是重要的事便会天天重复，不厌其烦，结果当然就是念念不忘，必有回响。我在健身房里看到的从来都是那几张男士面孔，30—40岁左右，身材好得不像话，进来就在走步机上闷跑，然后就吭哧吭哧做器械，做完就走，下次同样。偶尔见到一个胖子来练，不出三天绝对无影无踪。

我有一个女友，胖，三高，我说这样不行，要锻炼。她说，姐姐，我在家上厕所都想坐轮椅过去。那就什么都别说了，她是律师不是演员，不跟饭碗挂钩的事，想坚持也难。其实每个人心里都有一个排次，放在前几位的事尚可完成得比较好。正如《小王子》里所说，在自己的玫瑰身上花尽了心思，所以它名贵（大意）。当然许多人也觉得减肥扮嫩很重要，但一看那么麻烦，而且每天都有功课，没有一劳永逸这回事，只好放弃。

所以我才说：别问了，你做不到。人能够做到的事情并不多，要想清楚，开弓没有回头箭。只有真的觉得重要，又享受过程从中受益，才可能变成一种生活方式。就像日本人说，什么是纯文学？那就是不写会死。换句话说就是死也要写。放大了说，任何一项工作都有这个特质，示人的那一面或许多彩光鲜，本质都是沉闷的、重复的。就算最出彩的艺人，大部分的时间都在节食、在健身房，进组更是一天下来累得话都不想讲。所以说李安、王家卫、冯小刚是人中之杰，不是他们比别人更有才华，而是更能忍耐辛苦、沉闷，忍受下笨功夫时每一个步骤对人的损耗。当银幕巨献让我们感受到美的时候，我们会夸大他们的才华，但其实，他们是爱电影到了以苦为乐的程度。

有许多事，有所不为，有所必为。做不到还是因为爱的程度、感觉重要的程度不够。

谁更有面子

人面和钱面，到底谁更有面子？这还真说不好。有时候，喜欢或者相信一个人的为人，我们愿意适度地牺牲利益，以换取合作的机会；而有时，我们并不想做的那件事，由于报酬高出了自己的预料，也会就范。

以往，经常会听到有人说，这事你就给我个面子，办了吧。而且混迹江湖的人，也多以稍有薄名而自得。都说中国是人情社会，人们看重面子，有时成败都变得事小，丢了面子反而成为头等大事。所以说会不会办事，基本体现了一个人面子加能力的最大化。什么时候该用商业规则，什么时候该用人情规则，实在有一定的技术含量。

广东人说，事情是自己做的，面子是别人给的。这是一句充满智慧的箴言。它首先就表明了做事要有规矩，要经得起检查和评说，而别人是否给面子那是别人的事。我们容易犯的毛病是，自己做了马虎的事,希望别人海涵。但对别人的要求,又会严苛许多,认为我拜托你,你居然把事办成这样?于是便生出许多的纠纷。其实论做事情本身,原则就是认真负责地做好,关键是对得起自己,也会赢得更多的机会,自然是最有面子的事。从这个角度说,人本身是没有半点面子的,要有面子,就看你怎么做事。

我们的另一个弱点是会在无形中放大自己的面子。当人的平台好的时候,会忘记自己站在一个黄金平台上,人家给的是平台面子,我们照单全收,以为自己好到无以复加。有时是拿到一个项目,以为任何人都会趋之若鹜,殊不知要达到目标任重道远,若不能放下杂念,未必能把事情做成。其实,没有钱固然是一事无成,但是有很多钱把事做砸的例子也不在少数。放大自己面子的行为还包括,熟人或者朋友来帮忙就少付费或者不付费,这就更不成道理。不牺牲原则地关照朋友,理应稍稍丰厚。克扣朋友绝对不应该是现代人所为。

还有一种一事无成的人,总是在该用商业规则时展现人情外交,而该用面子维系的事又大谈商业标准。你担心什么?给你钱就是了,这种话谁爱听?如果人家说谁要你的臭钱,岂不整件事都陷入绝境?目前最得人心的说法就是:这事你不用看我面子,自己权衡一下利弊,怎么选择我都能理解。而且,事先请一定开明车马地说好报酬,便于别人选择。

初心

我们希望成为一种人,结果成为另一种人,两者之间还素不相识,一点关系都没有。这便是"不忘初心"这句话多少会令人感慨的原因。尤其是有人当初拍片做导演,只因喜欢,后来得了奥斯卡,成为大师。有人当初写作只为能随心所欲地吃上饺子,结果得到诺贝尔文学奖的殊荣,全球瞩目。而我们,都曾年轻过,有过志向和抱负,但似乎是现实过于残酷,我们开始随波逐流,变得面目全非。

为什么强调初心呢?因为真实、直接、干净、简单。因为没有受到太多各种各样原因的浸染,所以它会相对美好,少有人的初心是想做一个利欲熏心的人,一个自私自利的人,或者财迷心窍的人。然而随着每个人的生活道路不同,面临的问题也不同,能成为金字塔尖的人,令自己的初心升华,其实是极少数人的幸运。但至少不能千辛万苦地得到一官半职,最终却成为阶下囚;或者因为勤奋却所得甚少而走上犯罪道路。这便是与初心完全背道而驰了。所以在人生的十字路口,想一想初心所愿,应该没有什么坏处。

当然,作为大多数人,难得有腐化堕落的机会,或者杀人越货的胆量。那么背离初心的变化通常是一点一滴、岁岁年年,几乎是在不知不觉之中。惊觉时才发现自己变得那么现实和无奈,甚至在心里嘲笑当年的幼稚、傻气。但令人纠结的是,我们又同时为那些敢于一直冒傻气的人,始终守护初心的人,从心里面羡慕或者佩服。

我们眼中的社会或世界,无论如何是变得越来越复杂了,越来越残酷了。于是,在千万种选择中,有一种选择是跟着心走,不要去扭曲它。就算不是初心,但若妥协到不快乐,压力大或者常常自责,那么就请说"不",无论这件事带给我们怎样的利益,都不值得牺牲自己的心灵。人心很奇怪,有时可以承受山一般的压力,有时却比想象中更容易崩溃。那些一念之差选择轻生的人,那些无论怎么逃亡终究自首的人,都说明了这个道理。

所以好好地爱护我们的心,包括初心。想一想曾经的美好和喜乐、平静和踏实。舒婷在《不忘露珠的寂静之味》中说的,"我们可以放弃宫槐、板桥和马蹄声,但损失不起朝露和夜霜、梦想的绿地和传说的原始森林,肉体囹圄灵魂日见干枯的今天,我们怀念露珠的寂静之味,以赎罪的愧疚心情",何尝不是初心别恋。

以德补漏

新的时代,"德"的价值从高点回落,成为人们敬而远之的品质。凡事若以道德评判,立刻被质疑"道德绑架",似乎自私、阴暗、唯利是图更接近人性,或者说更让人感觉可信。但其实"德"依旧是金子的价,不能因为我们做不到就自以为是地贬低它的价值。

一个在法国留学的中国学生,成绩优异却没有公司肯录用他,原因是他有三次以上的逃票记录(公交系统)。据称被抓率是万分之三,由此可见,逃票已经变成他的习惯。找不到工作也就在意料之中,因为无法得到信任。最终用人单位的经理说:道德常常可以弥补智慧的缺陷,但是智慧永远不能填补道德的空白。

有一个朋友在美国驻广州的公司做高管,她的一个下属工作勤力,还隔三岔五地对她示好,如煲好银耳汤或手捧鲜花送过来等,但最终被她开除。理由是这个下属因公事外出住酒店,明明是夏季却带了冬天的大衣在酒店干洗,于是干洗费用就变成了公司费用。这并非小题大做,在我与她的多年友谊中,的确从未发生过吃饭开发票这类事,无论贵贱。要知道她的权限范围内有大笔资金流动,其中包括接待费用,而且被公司无限信任。但即便如此,她也是公私分明。而我想到以往一直习惯用公家的信纸信封,打公家的长途电话,根本公私不分,并把这一切都视作理所当然。"能报吗?"成为一句通用语。

其实,道德品质的滑落都是一点一滴流失的,也许是从前被拔高到虚假,生病了还要坚持在工作岗位上,家里有人过世都不能回家见最后一面。这种有悖人性常理、夸大岗位重要性的做法,一度使人们极度反感,同时也是对于"德"的扭曲,使我们看不到它应有的价值。

然而在一个金钱万能、诚信缺失的年代,我们对人对事,不知不觉间都在加重对"德"的考量。若没有德来支撑,越是利润丰厚的事越害怕上当受骗。如今是英雄退位、团队上位,单枪匹马根本一事无成的年代。那么每个人在选择自己的伙伴时,首先想到的是可靠吗,值得我信任吗;其次才是对方的才华。若是只因才华而扑上去的,难免最终不欢而散。这是因为合作关系会让一个人的本质显现:认真,负责,公私分明,说到做到,有担当。这是通勤基本款。没有团队就没有像样的平台,没有平台又如何大展宏图? 想一想,德行好怎么会不重要?

说话的艺术

　　杨丽萍说，我从来都不觉得自己是一个职业舞蹈家，我就是一个生命的舞者。其实在我看来这是一回事，并无高下之分，一个职业的舞蹈家肯定是用心灵起舞。正如我从来都不认为我是一个职业作家，我就是一个心灵的写手；或者，我从来不认为我是一个职业厨师，我做的食物里充满了爱。都是一个意思，因为做任何事情若是不走心，不仅做不好，严格地说也不称职、不成家。

　　莫言说，说过的话可以随风而去，但是写出来的书却可以印证现在，留传下去（大意）。这话的意思当然是为了肯定文学的价值。然而较真一点说，也突显了中国人的随意性，所谓一诺千金，很少有人把诺言写在纸上，难道就不必当真，随风而去了吗？

　　剧作家刘和平说，一句话，当你没说出来的时候，你是它的皇帝，说出来便成为它的奴隶。的确是这么回事，说话是一门艺术，当我们表达不当或产生歧义的时候，我们会加一句我不是这个意思,或你懂我的意思吗? 这都说明语言并非信口开河那么简单,也不是跑马圈地想到哪儿说到哪儿,要表达得准确并不容易,常常会顾此失彼。

有一些话,只能自己说,比如我忏悔、我感恩,去要求别人或大声指责别人会造成不适感。而有些话只能别人来说,比如你很优秀,你有过人之处。如果自己夸自己,就算你果然有那么好,听起来也不是那么回事。

还有就是要说适合自己身份的话,自己就是个新兵,还去教训别人,或者自己是个科长,讲出的话像是处长或局长,会让人觉得莫名其妙。

我们喜欢的人,通常都有一个共同的标准——会说话,说出来的话让人听得进去,哪怕是批评、提醒,也觉得受用。而有的人一说话就冒泡,有的没的满嘴跑火车,给人的感觉就是不靠谱,也就不会给这样的人太多的信任。所以别看说话事小,谁都会,但其实只要一张口,个人的标识就会充分暴露,说话的过程一直在告诉别人自己是个什么样的人,根本无从掩饰,也无法骗人。

所以才有"祸从口出"的忠告,才有三思而后再做决定的提醒。许多时候,我们脑子未到话已出口,造成了不必要的麻烦或恩怨,于是才有了两年学会说话、一辈子学习闭嘴的箴言。

告别青春

　　一个朋友说到,同事重返过去的工厂,无比感慨把曾经最美好的青春岁月贡献在这里。但是当年的厂领导却轻飘飘地说了一句:谁要你的青春。令痴心一片的同事当场泪下。这当然是一个冷酷的片段和对话,比起越来越多的"致青春""那些年"一类的文艺作品,绝大部分都还是略显矫情的歌颂,即便残酷或泣血,也透着骄傲和刹那芳菲的美丽。

　　的确,青春是人人都有,又极易自我升华的一段时光,因为短暂、易逝而显得弥足珍贵,也是每个人人生的重要记忆。但是由于被反复讴歌,我们不得不警惕"青春病"。经常听到有的人年纪不大已经开始遥想当年,明明现在工作没有着落,却总说当年拿过两万的月薪;明明如今孤身一人,总说当年是多么的集万千宠爱于一身,男人排队送花;明明是一个平凡的人,非要说当年怎样指点江山、运筹帷幄。就算这一切都是真的,曾在最好的时光大放异彩,不也落花流水,一去不返?有道是时间是一把杀猪刀,转眼就是百年。

其实,青春和一切美好的事物一样,有多么繁花似锦,就有多么易碎惨烈。想一想"朱令案""复旦投毒案"不也都发生在最该珍惜的年华?如今有网友调侃,感谢当年室友的不杀之恩。这话也如"谁要你的青春"一样刺耳,但仔细一想,同样令人唏嘘。至少在我们偶尔故作多情时是一剂猛药。

所以一个成熟的人,不仅不必美化青春,更要有告别青春的勇气。无论一路行来几多风雨,都不要再留恋如烟的往事。也许当年的确有人捧着你娇纵你,但时过境迁,或许轮到你忍让和爱惜别人。也许当年你的确才高八斗人见人夸,但是今天的后辈同样强手如林,懂得兼容和谦逊才是后青春时代应有的品质。尤其是女人,最容易留下的是美女情结,喜欢强迫别人服从自己而不自知。这种一直沉睡在青春之中的睡美人,其实是被青春所误的人。

青春,是人生的巅峰,而我们对于巅峰记忆总是难以忘怀,也是如今有那么多与青春相关的作品层出不穷的重要原因,没有之一。但是亲,千万不要忘记那只是记忆,只是偶尔自我欣赏或麻醉片刻的小浪漫,一定不是整个人生的度量衡,以此作为标准,剩下的便都是不如意。所以若生活如怒海行船,告别青春是要迈出的第一步。

爱情的抵押物

到银行去说自己是多么正直优秀的好人,却得不到贷款。所谓抵押贷款,就是要有不动产或股票做抵押,这是常识。爱情的问题不在于坐在什么车上哭或笑,而是不能平白付出,必须有抵押物。比如时间,双方都肯为对方浪费那么多宝贵时间,说些做些有的没的,应是凭证。美貌也可以,这对男人来说值万金。才华出众也是对方驻足的理由。孩子,纽带。倘若什么都没有,只是偶然心动,这就必须警惕,有可能变成一场春梦。

一个女朋友迎来她20年前的男朋友从国外归来,各自经历了自己的人生阶段,过去的事暂且不提,现在仍有眼缘就在一起了。花好月圆了一段时间,问题来了,大体上是女的一个劲地付出,男的一个劲地接受。时间一长女的就顶不住了,不讲金钱只讲心的她,也觉得此人过分。吃住行就不用说了,女的有房有车,要办一些业务,女的有公司有人脉。渐渐就变成男的很把自己当

69

回事,就是提前洗米洗菜也是不可能的,只负责坐享其成。女的反而成了不用花钱的老妈子。原先美好的感觉顿时烟消云散,所有的付出变得莫名其妙。

许多女人会犯这个毛病,碰到一个恋爱对象,就忙不迭地一通付出,全不想我们为什么会到一起,凭什么可以走得更远。这件事如果没想清楚,不是不可以恋爱,但要尽可能悠着点。可以在慢慢的交往中,找到爱情的抵押物,无论是什么,对方会不舍,或心痛自己的另一半,这才是共同生活的基础。

何况付出总有止境,资源都是会用完的,人也同样会渐渐老去。每当这时,女人便会生出冲天的怨气,认为男人没有一个好东西,都是自私自利浅薄好色的混蛋。人到了这个份上,便全无美感,不仅男人嫌弃,可以说神憎鬼厌,这又是何苦? 所以好女人都是有自我的,不可能无抵押地爱谁。付出永远都是双方的,因为爱情并不是一个人的事。"爱情不需要理由""我爱你与你无关"的话听听就算了,就像白娘子那么痴心一片,也挡不住许仙的胆小和害怕风言风语。

向银行学习,各尽其职,各得其所。爱情本来就是绝对感性的产物,加入一些理性的思考并没有坏处。就当自己是普通人,并非圣女或爱神,付出了必须得到回报,尤其是爱的回报。这是人性的弱点决定的。

人情卡

现代人的身上,除了信用卡、工资卡之外,必定都有一张无形的人情卡,虽然上面并不显示数字,但每个人心中都清楚它的收支状况。中国是人情社会,并没有人可以完全逃离这张大网,尤其是在诚信有严重危机的今天,人情的需求已经超出正常值,跟经济一样出现泡沫。像去医院看病,若无熟人,有可能感冒也要做核磁共振。所以大量的孩子出国留学,有家长说并非希望孩子成龙成凤,但至少不用在中国万事求人。

我们都会碰到这样的情况:最困难的时刻,发现长长的通讯录上熟悉的名字,没有一个朋友合适打过去开口求助。心里想着,我跟他还不到那个份儿上。哪个份儿上?当然是开口就能借钱,而且朋友必借。或者找关系解决问题的急事、私事,对方毫不犹豫地提供帮助。说白了,这样的朋友是有年轮的,不经过许多年的风雨成长,不可能有这样的友谊。而且还要有能力,有些朋友有情义但是没实力，同样帮不上忙。于是出现平日里结交满天下，必定登高一呼应者如云的错觉，但其实沙龙式的朋友也只能共酒肉共迷离共浪漫，关键时刻当然不能开口，突然拿来共患难，结果肯定是落空和失望。

要做到人情卡上有余额并非易事，首先就要不断地储存福报。那种遇到事才提着东西上门的人，一般都是白费力气。人家会想我跟你又不熟，提着东西我就帮你办事那我成什么人了？所以平时可以帮助别人的时候，要明白这也是机会，是人情卡上的收入。做得多了，哪怕相对应的人并没有能力帮助你，但也落下人缘。保不准其中的某个人际遇变化就有可能成为忠心义胆的朋友。

其次，情感是需要维护的。最忌讳用得着人朝前，用不着人朝后。我们都不喜欢势利眼的人，感叹世态炎凉。那么对待失意的或者落魄的朋友，更应主动惜缘。因为有时朋友不是一定用来借钱，分享感受分享生命中的喜怒哀乐同样需要有质量、有情义的朋友。

人情卡可以刷爆，也可以从未储蓄一直都是零账户。许多人都觉得当今这个时代，没有真朋友，自己不占别人便宜，别人也休想近身，彼此干净。可是人生的路太长，没有旅伴的行程真有那么好吗？但其实，越是人情薄如纸的年代，越需要有朋友共同面对困境，朋友的作用也和干净的水、空气、风景、健康一样重要。

体面的生活

当年坐绿皮火车,好的一面是不同地方的站台会有烧鸡、麻糖、火腿等特产,下车买特产既自然又兴奋,不像现在的站台那么干净单调;不好的一面是,常常旅途只过了一半,列车上就没有水了,到达目的地时彻底变成脏人,不要说体面,几乎失去了做人的尊严。今天的生活好了,大家辛苦赚钱,也不必掩饰自己的欲望。人们的生活千差万别,花样翻新,但终结到底,每个人都希望过体面的生活。

说到礼义廉耻、道德伦理,常让人反感是在说教。但是"体面"是大多数人都可以接受的词汇。但这并非自然天成,是需要自我约束和修炼的。有了钱,我们照样在公共场合大声喧哗,照样随地吐痰随手扔垃圾,随处刻写"到此一游"。直到在公交车上打司机,冲上跑道拦飞机,等等。这里先不评价有理没理,毫无疑问是有失体面的行为。

有手机便有视频,有微信便让我们随时看到视频。这里只说女人的粗鄙化程度惊人,公交车、地铁、商场,总之都是公共场所,出现纷争恶言相向自不必说,当众大打出手比男人还要凶猛。亲啊,这可真是"破相"的事,此后便是多么有钱有才有姿色也什么都不是,跟当众除衣没什么两样,因为有失体面。体面,是女人的第二张脸,发火失态已是恶形恶状无比丑陋,如果突然间做出武松的动作,那就不是女汉子而是母大虫,一经面世还有什么颜面行走在人前人后?我们常说男人征服世界,女人征服男人。那么女人靠的便是端庄、美丽、温柔、优雅,总之就是得体和体面。如今有大款找对象明确说只找台湾的女子,不要大陆的女人,估计也是被吓着了。我们经常看到有漂亮的小妹妹满口脏话,一个满身名牌的女人对人爆粗,实在是一件颜面尽失的事。

是的,我们有钱了,这是好事,也是体面生活的基础。但为何我们还要乱闯红灯、偷水井盖、把公交车上的应急锤据为己有?我们把公共设施卸下来拿回家,我们就真的那么缺德吗?孩子们看到体面吗?我们要靠假离婚解决住房的问题、税务的问题,有人已是三结三离,得到利益的时候不觉得有失体面吗?是的,体面和良心一样,看不见摸不着,不当吃喝,甚至不值钱。但是有还是没有区别太大,如果一个人连体面都无从顾及,那就不要谈灵魂和信仰的事。而自甘成为行尸走肉的人,再有钱也得不到尊重。一个人是这样,一个民族也是这样。

爱情观

　　用各种形式呈现出来的爱情故事,其中有一种模式就是女人总是默默奉献,而男人视而不见甚至避之不及,经过九九八十一难,要么幡然悔悟,要么感激涕零,言下之意便是真爱降临。这样的故事在生活中也许屡见不鲜,但是拿出来大书特书,几近成为古典爱情的典范,这就值得商榷。心诚,石头也能开花,这是文学语言。事实上石头是不会开花的,对石头付出真情热血,结果可能变成了另一块石头,如同朱安们的遭际。

　　这种爱情模式的建立和光大,其实是男权社会的表现形式之一,并非女权主义者同样可以看得很清楚。社会上的选美,报刊的美人招贴,包括富豪公召女友的闹剧,无一不是男权社会的产物。但是深一层次的爱情观,因为有凄美动人的故事做掩护,常常不被人们留意,以为这便是伟大的爱情。传达出来的信息是,无论男人怎样,女人都应该做他们身后的忍者,这样的女人和爱情才完美。请问这是什么逻辑？

　　一直以为，爱情的前提是双方的动心与动情，日子可以过得清苦、挫败、苦难重重，但是相爱的人仍可以坚持下来，就是见到彼此的真心。如果一个人不动心，靠另一个人去感化，那应该是宗教故事吧。

　　也一直喜欢戴妃，除了她的美丽和慈善行为，那就是她始终在追寻真爱。她是那种没有爱会枯萎的女人，所以她死在寻爱的路上。我们不能说查尔斯喜欢卡米拉有错，那是另外一个故事。但是戴妃的执着也没有错，这是典型的爱情无对错的例子。结局惨烈并非当事人的大逆不道。当年一个男性朋友，说到戴妃他便认为，男人出轨女人也要出轨就是不守妇道，这么做就不是好女人。看吧，这便是男人的爱情观。在他们或更多人的心中，戴妃就应该忍辱负重，现在就可以抱着威廉的儿子扬眉吐气了。

　　当我们深爱一个人的时候，或许会说出我爱你与你无关的话。就像我们唱着"死了也要爱"来表达我们无所顾忌的青春。但是亲，怎可能没有关系呢？那不过是少女时期的任性和狠话。爱情和人生一样是个马拉松，只有两个人一起努力和维护，才有可能延续下去。若别人并不爱你，请自重地走开，大可不必忍受和奉献。爱情跟金钱没有关系，跟虐心更没有关系。

守口如瓶

说多错多，言多必失。古训都是这么说的，但是做到很难。尤其是女人，几乎天生都是大嘴巴，心里留不住半点事，无论好坏，激动和悲愤都要拿出来分享。传话，东家长西家短，虽然不关自己的事，但从中享受到乐趣便乐此不疲。所以不要对女人说，这件事请你保密。完全没用，结果是世人皆知。

说说闲话倒也罢了，有的女人爱爆名人逸事，未必真的是炫耀或者炒作，像"红烧肉""男闺蜜"什么的，也许是欢愉外溢总该漏点什么，或者是脑筋急转弯想说就说了。不过内心深处还是透着"我可不是一般人"的自得。但通常，男人不回应或者反回应，女人就给晾在那儿了，效果未必好。这是因为许多事自然发生时是一种状态，但是端出来说，语言，描述，用意，深浅，加在一块儿莫名其妙会产生一些变异或歧义，别人的理解更是见仁见智。于是一件普通的事也会因此串了味。外人总会想你这是什么意思？

你想告诉我们什么？

女人若能守口如瓶，不该说的事一字不露，当然不易却犹显矜贵。许多教女人如何提升自我价值的励志鸡汤，都告诉女人要保持神秘感，其实不说，自然就有神秘感。凡事过心过脑不曾有过片刻停留，不经过任何过滤全部包进包出，这样的女人会让人退避三舍。张爱玲说，男人用脑子想一想，反而就不说了。摆明是说女人无脑。

何况，言必提名人本身就是五俗之首，弱弱的江湖后辈大可不必爆一些生活琐事。即便是吃饭局也不过是一道甜点心，坐豪车玩游艇便是一道靓丽的布景，实在没有什么好渲染的。此外，世间的许多事是流动的、可变化的、转瞬即逝的。今天或可把酒言欢，明天可能形同陌路。男人不是不认账，是真的忘了，他们是孩子，是视觉动物，是极容易转移兴奋点的结果论。谁当了真谁傻，拿出来显摆就更傻。

少说多看，作如是观，应是女人的必修课。如果想成为一个有魅力的女人，首先就要懂得何时闭嘴。这对于女人来说肯定是一种煎熬。女人是感性的，性格外向无可厚非，但也仅属于原始层面。说，是有宣泄功效的，目前也被推崇为抗忧郁的方法之一。但仍要适可而止，看清谈话对手。一个人心大嘴紧才可能抗拒压力，只有内心空虚的人才会喋喋不休。

女人为什么要自强

女人，尤其是美女，大都觉得自己来到世上就是专为花男人钱的。那一类你只负责貌美如花尽情挥洒的甜言蜜语，傻女人是会当真的。所以当有人在身旁争着埋单的时候，美女们也都欣然接受，觉得理所应当。然而这个世界，压根儿没有理所应当这回事，任何一个男人的钱都不会白花。两个人相处的时间长了，总难免审美疲劳磕磕碰碰，就是再有修养的男人，也得允许人家有个脾气，脾气上来，一个滚字脱口而出。美丽的女人怎么办？就是做做样子，也得拎起小皮箱走出家门吧。这时候才发现，自己是无处可去的。这样的故事屡见不鲜。

更有甚者，男人当时的大把付出，似乎是为日后的粗声大气或为所欲为乃至出轨做好了无形的铺垫，潜台词是我也为你花过钱，可你给过我什么？凭什么我就不能喜欢别人？如果当初便是因为经济考量在一起，分手时最多再敲一笔散伙费，倒也干净利落。只是,有太多的女人还是希望得到真爱,那么前提就是先要赢得尊重。美女也是一样,有自己的工作、收入、房子和车,哪怕房子小一点,也不是什么豪车,但可以看出做人的志气。这时的男人才愿意掏出真爱,他先是刮目相看,其次才是平等对话,最终决定是否付出真情。

女人常常会觉得,我是女汉子还要男人干什么? 这话也对,但是男人又是有很多弱点的生物,说到底就是靠不住。女人要想立于不败之地就只有自立自强,也就是说有爱没爱都不至于陷入绝境。有的靠谁不想靠? 问题是一辈子那么长,蜜月期那么短,在任何时候都有可能遇到闪失,是不是还是自己最可靠?

还有一种女人就是认定要花到男人的钱,花不着就是轻贱了自己,就是倒贴。持这种想法的女单身不在少数。不知这么顽固的想法从何而来。时代不同了,大家都很辛苦,可以说没有人希望一个不相干的人把自己吃到底。就像那句悲催的话"只有那些漂亮的年轻人才有青春"一样,章子怡都活得那么励志,平淡无奇的女人为何还整天想着花别人的钱?

当然自强不是非当女汉子不可,照样可以美丽优雅,可以示弱得到爱护和照顾。女人是感性的,自强可以使自己活得自信、踏实、硬气,内心骄傲。自强可以确保男人在任何时候都不敢对你咆哮,你吃我的住我的用我的你给我滚。是的,男人有脾气,但是谁又是没脾气的?

你所在的位置

那些大而无当的商场，无论东南西北哪个门都会有标识图，用一个红色的圆点标明你所在的位置，以防迷失。人生也是一样，每个阶段都应该找准自己的位置，否则同样陷入可以避免的困境。最常见的是那种外形讨喜又才华横溢的人，年轻的时候充满巨星心态，认为自己可以带动时代的步伐。后来发现不是这么回事，迷途知返的人从此成熟起来，重新找回自己的位置。但也仍有人认定自己是怀才不遇，终日郁郁寡欢而荒废了自己。

有一个朋友，并不能说他志大才疏，有许多优点，就是自己的位置找不准。任何一个工作或者机会总让他有屈从感，而他认为可以胜任的事又都以失控或失败告终。也就是说，只要过了两年，他一定悔悟当年推掉的工作其实是适合他的却为时已晚。就这样折腾了几轮，他最终一事无成，深感自己生不逢时。我自己也有这样的经历，在一个小单位认为自己必不可少，准备调动时无比纠结。没想到领导半句挽留的话都没说就批准调离,结果是自己灰头土脸很是失落。

我们有时喜欢大包大揽说过头话,无形中便提高了自己的信用标准。明明做了不少事,但总是离许诺还差一截子。此外,如若把自己的位置拔得太高,看到的全是别人的缺点,这就难免不宽容不包容,最终令深爱的人也离开了自己。当然也有把自己的位置看低了的人,总认为自己不行,又没背景又不会来事,不可能干成什么大事。这样的心理暗示或是一种自我催眠,极易随波逐流。

说得微观一点,人的位置也不是一成不变的,在办公室和在家里自然不同,在谈判桌上和对待朋友各异,在位和退下来更是大相径庭。凡是让我们感到得体和舒服的人,肯定是人情世故炉火纯青,懂得在什么位置说什么话。不懂事的人会在公共场合跟有身份的熟人没大没小,那是轻贱了自己。而有的人,明明是家庭矛盾非要闹到单位,其实双方都丢了面子。那些在同事面前跟领导顶嘴的人,那些当众大声贬低名人的人,都会给人留下错位的印象。

人都是很普通的,都渺小如茫茫大海中的一叶扁舟,都有过年轻气盛不可一世的青葱岁月,有过不被世人理解的人生阶段,看不清自己的位置是很正常的。但随着年龄的增长,随着学习和思考,完全可以调整好自己的位置和方向,这才有可能越努力越幸运。如若不然便是偏执或拧巴,与所谓的成功渐行渐远。

混圈子

　　所谓融入社会无非是找到饭碗,有碗以后,个人便被社会格式化。哪怕你从来不混圈子,你也是干那一行的,归类是为了好识别。刚刚开始尚无感觉,慢慢便有了清晰的门道。曾经认识一个同行,他年少轻狂的时候,极有写作才华,用现在的话说是霸气外露。后来从外地到北京。北京是什么地界?圈子里太好玩啦,个个都是英杰高手,聪明过人,讲话过招如遇知音,无须半句废话。于是他打牌吃酒被女文青爱慕游荡于各种饭局,写作是何等寂寞之事,实在是顾不上了。这些都罢了,关键是混到最后还有忘乎所以之为,最终吃了官司,一番周折重回故里之后,身体每况愈下,后来就往生了。

　　常言道温情之下或有陷阱,说的是人在任何时候都不可以松懈。吊诡的是同为圈中人,在别人眼中也打牌吃酒交女朋友的人,竟然也没耽误写作居然佳作频出,让人想不通此人难道半夜

83

不睡都在写作？这便是真正的高人——并没把混圈子当正事而是当休闲。然而我们的外省青年还是老实，把混圈子当成了正事。命运便就此改变。

当然，圈子你混不混，它都在那里。犹如爬山者的心情一样是一种召唤。谁希望在一个行当里孤寂无声？我们也深知身在其中，没有人可以完全不需要别人的帮助或提携。如今在任何一个饭局上，大家都痛恨浮躁但又同是浮躁之人，不然又何以在此相会？这其实在所难免并无大碍。

只是，若是明白人，便知假如没有过人的本领，单靠混圈子其实是没法立足的。圈中人说的都是场面话，表面一团和气内心通晓斤两。多少有才华的人热热闹闹一辈子，最终明白自己是被自己耽误了、荒废了。但为时已晚。就如同艺人若没有作品而常走红地毯难免被人诟病一样，这是既浅薄又深刻的道理，人人心里都明白谁是影后谁是打酱油的。

所以永远都不要把混圈子当成什么正事，关系只建立在能力和作为之上。就算马不停蹄薄得名利终究不及劳动模范，哪怕自己的职业再沉闷再辛苦也是立命安身的伟业。而那个圈子再风光再热闹再纸醉金迷都有虚妄空洞伤痕累累的另一面，即所谓的B面。到头来还是混得好不如做得好。马云的圈子里还有什么人？我们不知道，也不想知道。

找到一个领情的人

如今到街上随手一抓,十个人里有三个是情感专家。情感这件事,会说的能当饭碗,胡说的也能赚到稿费或者人气。皆因此事并不深奥但难以琢磨,充满了不确定性可以任意发挥。然而不幸的家庭各有各的不幸,就是私人定制的情感守则也未必收获幸福。

情感问题是两个人的游戏,开心守则便好。但即便是自认为烧成灰也彼此了解,仍有一个误区不被认知,那就是对方想要一个梨,但是我献给他自己心爱的芒果,然后我开始在心里滴血滴泪地感动,看吧,在这个世界上还是我对你最好。于是想当然认为对方也会在睡梦中哭醒吧。这是最拧巴又最常见的情感故事,时间久了,双方都觉得委屈,都开始有不适感,出现问题是迟早的事。

我有一个土豪金朋友,她一辈子喜欢有才的男人。但是有才的男人未必重情义,反正她交往的基本都是白眼狼。喜欢白眼狼也无所谓,肯掏钱就好。可她开始跟人家玩真情,做饭煲汤无微不至,过起了寻常日子。白眼狼一看再无惊喜也就无心恋战,分手是必然的结局。其实这样的情况并不罕见,比如对方想找个灵魂上的朋友,认为家事有钟点工就可以了,可是另一方只奋不顾身做家事,并不过问对方的精神世界。有的人想成为一个大富翁,可以夫贵妻荣,那老婆孩子还不乐疯了?但其实有的女人只希望老公多回家吃饭多点陪妻儿老小,钱够花也就行了。亲人远道归来,我们做好丰富的饭菜,但他只想喝碗粥休息。这些都属于差异性思维。

了解了对方的需要,才可能调整好自己的行为。此外,就是要找到一个领情的人。这一点非常重要,许多情感世界中的男女,思维并无差异,双方投其所好,好的时候快活如神仙,一旦反目六亲不认。所谓领情的人,即使碰到大的挫折也会想到对方曾经的好,这是惜缘的基础。感情本身就如滴水穿石是靠一点一滴积累的,只有领情的人才能领悟它的价值,在心底念念不忘。而有的人,索取永无止境,像我的土豪金朋友,看着她花钱永远赶不上白眼狼的欲望,也劝她还是找一个平凡领情的人,当然又有才又领情的人也有,但是稀缺资源,又怎能保证人家也爱你?土豪金说,我只为有才的人虑心。明白了吧,这个世界哪有什么情感专家,有的只是冷暖自知。

会务是个力气活

中国是个会议大国,照说在会务方面应该很有心得,或者积累出宝贵的丰厚经验。但事实不是这样,可以说小至业委会联谊会,大至电影节书香节,都开得乱七八糟漏洞百出,每每爆出现场失控管理混乱的负面新闻。

我常年做基层工作,深知组织会议的不易。无论大会小会,都有海量的细节,要一一落实,互相衔接,还有节奏的控制、上下互动等等要素,每一个环节的疏漏都会影响到会议的效果。再加上现场的布置、灯光的稳定和适中,都起到凝聚和谐的作用。总之是一项非常专业、细致的工作。而改革开放后的中国,只有30年的历史,特别缺乏管理人才,更不要谈科学管理。要不就是拿钱说事,但砸下重金把会议开得不伦不类的案例多的是。

如果以上说的还只是形式,那么内容方面的思考几乎是零。比如台上讲的是传统话题,下面组织的是低龄听众;再比如是200

人的会议,租了 500 人的场子;还有主席台上的人比听众还多;以及小事实事顶一个天大的帽子,等等,都是会议的大忌。

有人会说,现在有大把公司承接会议。事实是它们只负责山寨流程,完全没有半点个性化设计。我参加过若干年轻人的婚礼,包括主持人的台词几乎都一模一样。其中有一个环节是看两位新人的成长照片,基本是回归默片时代,冗长到众人昏昏欲睡,喜庆的气氛一度冷场,而且已经晚八点但绝不上菜,人们在花团锦簇的五星级酒店里饿得奄奄一息,苦不堪言。这都说明承办的公司根本不动脑子,也不因材施做,是典型的山寨后遗症。但在不尊重原创的今天,这种见惯不怪的现象也是理所当然的。

反观有些纯商业的会议,大概是有专业团队运作,显得精良、有序、突出重点。此外,我们又是一个宜散不宜聚的民族,有着深入骨髓的散漫症,如果自己不是主角就怠慢会议,要么迟到早退,要么在下面开小会,闭目养神、看闲书者大有人在。而但凡要抓眼球,就打嫩模的主意,合适不合适另说。如果挂个“节”字就卖东西,现场就是大卖场。曾经看到一个侨居日本的同胞写文章,说自己在小区当楼长时只需在通告栏上写下几点每家派个人打扫公共环境,到点人数必齐。感触良多。

人情世故

　　年轻的时候听到这个词会很反感，认为无非是教人功利和虚伪，见人说话，见鬼打卦。但随着年龄的增长，发现这个词有非常正面的意义。犹如在不同的场合穿合适的服装便是时尚一样，人情世故便是用合适的态度对待不同的人和事，让人感到得体和舒服。

　　曾经认识一个朋友，她的智商颇高，在当年也是绝对的精英，但就是情商欠奉。结局是跟父母闹翻，与老公离婚，目前亲生的孩子也不肯接受她。不要以为她是工作狂或女强人，恰恰相反，正式的工作也没了，目前只能靠辛苦的兼职养活自己。很难想象一个那么聪明漂亮的女子，会把所有的关系搞得如此恶化和糟糕。可见人的一生，首要的是不要与人情世故为敌。

　　优质的人情世故并不是多么会装，多么有城府，多么会来事。那不过是对人情世故最低级和肤浅的理解。一个人的胸怀和境界与人情世故有关,做人的准则同样跟人情世故有关。凡事若能够严于责己宽以待人,对于所得能够吃亏、谦让,这样的人总是受欢迎的。并且,场面上的人都非常要面子,给人足够的面子和台阶是必备的风度,太多的人会认为自己有本事有才华便可以咄咄逼人为所欲为,对所谓的人情世故嗤之以鼻,最终都付出了高昂的代价。谁没有本事和才华?重要的是被接受被认可。

还有人觉得自己上不去或不被重用是不会拍马屁,说得理直气壮。当然,坚持原则保有气节在任何时候都是对的,若真是如此,大可不必愤愤不平,因为是自己选的路自然已经想好接受后果。那么别人做出别样的选择也无可厚非,也许付出的更多也不尽然。无论怎样选择,心平气和就好。

雪中送炭是人情世故的一部分,烧冷灶,拜冷庙,交落难英雄更是。这么做的意义并非万一其中有人咸鱼翻身重新发迹,便等于人生中了六合彩,跟着沾光。而是这样的人更接近最真实的人性,可以听到真知灼见,可以学到真正的经验和教训。并且你对他人的态度决定了别人对你的态度,是直接评判你的坐标或参照系。人都有走黑走窄的时候,都有所谓的低谷和瓶颈,也是在这样的时候找到了真正的朋友,或者得到了朋友的帮助。

前辈们强调的做人,说白了就是一生的人情世故的功课。

管住嘴

不吃和不说是两件难事,不要以为只有登珠峰难,管住嘴一样难。我们为什么总是减肥失败?运动肯定没错,关键是运动之后不吃才能瘦。大部分人是运动了,然后美美吃一顿,那不叫减肥,叫紧实,更难减。一个大夫忠告,迈开腿都不如管住嘴。而且还难在持之以恒,因为只要放开吃就前功尽弃。不说也难,观棋不语是一种境界。平日里,我们要显得见多识广,要表达,要别人重视自己的意见,还要解释自己是什么样的人,不是什么样的人。总之絮絮叨叨,只有这张嘴休息不了。

如今的时代特色是金句满天飞,有的深奥睿智,有的浅显易懂。传达的都是正能量。但无论多么好的醒世箴言,落实到行动上都不容易。简而言之,少吃和少说,人生就成功了大半。想当年刚有自助餐的时候,几乎没有人能控制自己,基本都是扶着墙进扶着墙出。放大了说,当物欲拜金得以流行,人也不知不觉胃口大开,富无止境就像魔咒一样,可以让人利令智昏,走火入魔。所以要少吃,少吃不但能使身体健康,还能养成良好的习惯。胃口撑大了容易,想收回来就如同戒瘾。人要自律自醒,才可以体味"少"的妙处。我们信奉佛门,人家不仅吃得少还吃得素,不仅心气平和而且智慧超群,当是我们的榜样。

说,就更有警惕的必要。先不说语迟者尽显几分贵气,就说发生在我们身边的口舌之争,许多事情是因为祸从口出或言多必失,造成了数不清的误会、矛盾,使人际关系变得错综复杂,甚至势不两立。为了几句话就动刀子的事也并不稀奇。所以说话要谨慎,要负责任,任何大话连篇、信口开河的人,都会为自己的多嘴多舌付出代价。

最难的是当我们受了委屈,不说不辩解简直生不如死。大多数人都是糠能吃菜能吃气不能吃。这时的解释当然也极有必要,却不必滔滔不绝。因为认知需要时间和过程,人只有心平气和之后,才可能重新判断。更何况谁没受过委屈? 但凡成了祥林嫂,给人的厌恶感就会油然而生。而沉默本身也是一种态度。

管住嘴需要修行、修心,否则,许多内心明白的道理并没有办法践行。人在适当的时候断食和禁语,会感觉是生理细胞的一次奇异的重新排列。这并不奇怪,节制就是一种美德,聆听也是。

不需要那么坚强

　　任何一个正面的词汇用到无以复加,也会产生负面因素。如令灾区人民反感的语言中,"坚强"算一个。细想一下,在灭顶之灾面前,亲人离去,流离失所。人在大自然的变化中不是一般的渺小、无力。有人在灾后半年或一年的日子里仍然无法接受现实,深陷忧郁,宁可选择告别这个世界,也算次生灾害的一种。这充分说明人性是不可能完全理性的。作为旁观者的我们,也不要想当然地励志,励志不是大力丸,适合当街叫卖。

　　我有一个朋友,她的特色简而言之就是铮铮铁骨,非常硬朗有担当的品格。表现在现实生活中就是事无巨细都是她"大拿",尤其是她的家人,无论什么事都求助于她,难事累事如跟医生谈判、照顾病人等全部非她莫属。我一直以为她非常乐意扮演这样的人生角色。因为总的来说她还是挺乐观一个人。终于有一天她自己病倒了,也是我第一次看到她示弱,并且感慨良多。但好像家人仍然感觉她是一个铁人，照常叫她做这做那。而且也不是那么在意她的身体早已大不如前。她也绝没想到曾经扮演的角色是如此的沉重。

如果不是机器人、人造人，真实的人性中一定会有软弱畏惧的一面，我们说出"我快疯了""我已经崩溃了""我需要你的帮助"都是再自然不过的事情。总之当我们身处困境时，真的不需要那么坚强，这样也许可以更自然地渡过难关。也许在我们以往的观念里，强调坚强已到极致，植入到我们脑海里的形象就是凡事硬扛，否则精神世界就不够健全。我们是看着这也不相信眼泪那也不相信眼泪的文艺作品长大的，所以总是提醒自己要坚强。

但我始终怀疑，人可能只有单面的坚持和情绪吗？我的那个朋友一朝表现出来的沮丧和轻度忧郁其实令我十分吃惊。可以感觉到这是积累或积压所致。可见，这个世界并无永远的坚强可言。

有一个诗人说"别告诉我你很坚强"，这句话突然很打动我。如果人的情绪能够以软弱的方式释放出来，富士康真的还会有工人跳楼吗？那些年轻的大学生怎可能成绩不理想就选择极端？我想说的是，人的内心当然应该是强大的，不然不能抵御大风大浪。但人有时候也不需要那么坚强，人类本身就有互助的需求和本能。这就是当我们得到帮助时反而会流泪的全部原因。

大减价

　　所有的城市都是一样的吧,那就是高端商家每年总能找到一些合理的说法,来两次失血大减价。我说的是真减那种,不是骗人的在虚高价格上打个红叉叉,这种骗局每时每刻都在发生,应该归工商部门管理。

　　我们这边的特点是,口碑极好的品牌大百货商店,大部分商品五折外加五倍积分,结果便是家庭主妇全都疯了,披上战衣,冲到第一线勇猛血拼。曾经搞到停车需要交警现场指挥、维持秩序;刷卡机因流量过猛而造成阻塞,直到系统彻底瘫痪。这就是大减价的魅力,对于大多数中产阶级女性来说,每个人都觉得自己是超高智商的省钱大王。

　　当然回到家中,发现自己还是买了不少没用的东西,当时买的理由就是便宜,因为是熟悉的品牌,价格倒背如流,便宜到了跳楼价还不买那是犯罪。但是没用还是没用啊。我们在战争中学习战争,若家里需要一个大物件,就死等降价的那一天。我的一个朋友,她只认一个德国进口的热水器品牌,就等到那一天在合适的折扣下购买,属于闪烁着理性光芒的消费者。还有就是看中的床上用品,也是到了那一天,目不斜视直奔那个柜台埋单。我有一次买裤子,是我一直钟情的品牌,质量保证,价格减了一半,要知道我曾经正价买了不止一条,我报仇一般地刷爆了卡,让朋友搭出租车来送钱。

这两年,我就完全不去商铺现场了,主要的原因一是实在人太多,有人想出办法提前一天晚上开好单,开市便直奔收银台,结果英雄所见略同,大伙都这么干,刚一开门收银台前就排起长龙。二是人有现场感,到了那种场合,好难理性,人多到不设试衣,我看见一个女性抓了两件好几大千的风衣,像是不要钱似的抱着,别人看看都不行,问下来也就是八折而已,应该平时也能买到。

想到自己抢购时也是这个鬼样子,不觉有些好笑。我的一个朋友说,就因为是物质贫乏年代过来的人,她养成了抢购的毛病,而且全是便宜货,要不了多久又全都送人了,可到了下一次她又冲上去了。

不去,就什么烦恼也没有,反正眼不见心不烦,也就不会多出那么多没用的东西。买的没有卖的精。路过都必须错过,绕着走。

看人要看大方向

　　无论是友谊还是感情，终是越深厚越脆弱，常常不堪一击。所以看人要看大方向不仅是生存方略，也是处世法则。如若不然，便总是深陷失望或落寞的泥潭，越较真越走不出来。

　　有一个朋友，夫妻感情固若金汤。她的抱怨经常是"他说话的语气太生硬了""他为什么那么不耐烦"，凡此种种便像砂粒磨脚，时间长了就产生不适感而后反反复复。然而大方向，人家该做的都做了，负责任也不偷懒。但女人多数看不到这些，强调自己感受不到体贴。这种生活便使幸福感下降，双方都觉得不快乐。为什么说相爱容易相处难？谁又能时时刻刻保持最佳服务状态？而女人最奇妙的联想就是"他根本就不爱我了"，随便一件小事都会得出这样的结论。令男人感到即使征战南北气喘吁吁为家庭做贡献也是一场空欢喜，若是又不善表达，难免不会心灰意冷。

友谊也是如此。矛盾出现之后，我们会想："这是朋友所为吗?""这算什么友谊? 完全达不到我内心的境界。"但其实，朋友更是要看大方向的，因为没有孩子、血缘、爱情的纽带，那种凭空建立的两个人的相惜和默契，更需要一份滋养和关怀。念及在地下室里平分过一个馒头;在我最困难的时候他为我引见一份工作;我生命中最重要的贵人是通过他认识的。总之常常回忆起人生的重大阶段，就不会太计较朋友的小缺点小毛病，更何况我们自己也有诸多不是，经不起放大及挑剔。

做人难免不产生孤独感，这种感觉通常来源于对情感对友谊对人际关系的深刻的绝望。每个人都会发现自己其实一直是一个人在战斗，并不能仰仗自以为是的所谓关系渡过难关，难免产生无奈和悲凉之感。那也只能说明我们期许太高，或是对情感和友谊过分依赖。

有时人会困在一时想不开的折磨中，看人要看大方向不失为一剂解药，冷静之后可以从人生的细微末梢处走出来，豁然开朗。反之，有些人的大方向是有问题的，譬如唯利是图，冷血自私，这样的人就是一时一事对你再好都应该警惕。在现世价值观坍塌的今天，只要对我好就是好人的观念很有市场，但是亲，请相信这个世界是有是非曲直的，人在任何时候都不能犯方向性错误。

磨炼

　　所谓成长需要磨炼,年轻人不见得听得进这样的老生常谈。尤其如今大学生离开大学被主张自主创业,应该说成功的例子也不少。但我依然觉得,无论是坚定不移地考研,还是招工市场明明有许多合适的位置却被冷落,其实年轻的时候加入一个集体,了解和适应并且处理好最基本和必备的人际关系,是成长中不可或缺的一课。比如如何跟领导及同事相处,如何在一个团队中互助合作、共同渡过难关等等。若没有在一个集体中做过具体的工作,是没办法学到宝贵经验的。

　　也许有些人会说,办公室政治不就是勾心斗角?不混迹其中还能减少污染,应该对身心都有好处吧?可是亲,我们毕竟不是生活在真空,即便是自开一个封闭式的淘宝店,不是也要跟客户打交道吗?与人打交道是需要历练的,既要坚持原则又不能得罪人,说话处事有理有节,才可能把所谓的事业做下去。更何况若是自主创业，也需要打点方方面面的关系，跟各种类型的人打交道。若在这方面毫无训练，四处碰壁也是在所难免。

而当你在一个集体里面打拼过，情形就大不一样。有时我们碰上欣赏自己的领导，会感觉得风得雨事事顺利，但有时领导就是不待见自己，永远说多错多，那么在不顺中同样会有个人的思考。包括同事，可以不打不成交，也可以日久见人心，尤其在利益和名誉面前，自己和大家一样受到相同的考验。所有这一切，都会一点一滴渗透到我们的个人修行中去，令自己慢慢成熟起来。

我年轻的时候，受益最大的两句话，一句是：要学会跟自己意见不同的同志一起工作。第二句就是：要尊重别人的价值观。这些都是在集体工作中的受教与改变。不是猛龙不过江，但若人人都想独唱，没有合唱又如何成功呢？当我看见一遇挫折就暴怒、一遇到不同意见就剑拔弩张的年轻人，就会想到张扬个性肯定是没错的，但唯我独尊的处世也是绝对行不通的。所以我一贯主张涉世不深的年轻人，先不要着急，先找到一个合乎自己专长的位置，认真工作，积累一些待人接物的经验，一定是磨刀不误砍柴工的。

而年轻人自主创业的例子，失败于无声无息之中大有人在。我有一个朋友的儿子辞去非常不错的工作，拿着父母的血汗钱创业，三下两下就败光了，并且东怨西怨，心态更是一落千丈。更有甚者，因为没有失败的经历和思想准备，导致乱了方寸铤而走险。不能不说是值得我们警醒的教训。

规矩

没有规矩不成方圆是句老话。但在如今的现实生活中,有些人的做事风格横冲直撞我行我素,于是变成人人都感到无序,而又怕自己太守规矩最终变得过时或落伍。

先说小孩子,有些家长让其随地大小便,有的孩子上桌就抓东西吃,还有些孩子对长辈恶声恶气极不耐烦等等,虽然在场的人一声不吭熟视无睹,但内心都明白这样的孩子没有规矩,有失家教。许多家长会觉得小孩子懂什么,长大自然就好了。但是这怎么可能? 一个人的习惯养成有一个渗透骨髓的过程,是渐渐固化的。中国古老的文化中,做人的基本规矩是非常具体的。西方所谓的贵族学校也是要训练出懂得规矩的人。所以说讲规矩这件事从来没有过时一说,一个不懂规矩的孩子不仅影响到个人前途,同时也累及家长,最终成为心中永远的痛,后悔莫及。这样的例子实在太多了。

再说大人,那就更应该讲究章法和规矩。但是事实上有些大人并没有为孩子们做出榜样,例如旁若无人地插队,酒驾丑态百出,一言不合大打出手的行为都是在破坏规矩。而有些老人,明明是自己跌倒却要嫁祸在扶起他的学生身上。这样的情景几乎令我们怀疑这个社会是否还有规矩可言,虽然是极个别的事件,但也折射出我们成年人内心的自律标准坍塌,我们已经不相信道德、道理,不相信天道、规矩,只相信暴力或是拳头。

但其实,规矩就像山一样,你认不认可,它都在那里。一个人的人生之路要走得长远,一定具备守规矩的美德。比如诚实、言而有信、讲究礼貌、守时、尊老爱幼等等,这样的人走到哪里都温暖如小太阳,人见人爱。

郭德纲有一出相声,讲的是老北京人生活中的各种规矩,可能现代人会不以为意,但了解和知道还是有益的。毕竟被破坏掉的东西太多了,从个人修行的角度来说不是坏事。过去的人,对女孩子最高的评价就是"好人家的好女孩",言外之意是懂规矩,家教好,相处起来放心。所以说女孩子就更应该多懂一些规矩,哪怕并不漂亮和妖娆,也会让人心生怜惜。反观颇有些姿色的女孩子,若是出口成"脏",谎话连篇,在公共场合恶形恶状,内心就很替她们可惜。因为没有规矩,这样的女孩在人们的心目中评分很低。

第四辑　心情成本

因果有时无关

在我们的普世观念之中,因果关系通常最为坚定,也合乎常理。"这个人贪得无厌,关进去是迟早的事。""这个商人黑心得离谱,果然莫名其妙出了车祸。"包括我们的许多文艺作品,也都在张扬真善美,好人一生平安;坏人绝无好下场。所以我们是非常相信因果关系的。

然而大千世界气象万千,并没有什么事可以一刀切,有时候的因果又可以是毫无关联的。比如一个从不吸烟且养尊处优的人得了肺癌。怎么打压、限购房价也不跌。一个心肠人品极好的人,人生之路却十分坎坷。凡此种种可以举出许多例子,与因果关系紧密的情形相匹敌。若我们自己也碰到了同样的状况就更加困惑不解,明明有良好的生活习惯还坚持跑步健身,却同样大病一场;或者兢兢业业地工作就是得不到升迁,反而巧舌如簧见风使舵的人更受赏识。这类事情就算再不经意,经年积累也会心有千千结。

如今的微博和微信上，转发量最密集的语录就是：不要执着，学会放下。佛家的思想深入人心，也充分说明它能够解救民众之惑。以至于连土豪们都不戴金项链改戴佛珠了。而我们的许多执着和放不下恰恰是那些与因果无关的事，好端端的突然噩运当头；离成功只一步之遥却风向变了，所有的努力前功尽弃；对感情毫无保留地付出，得到的却是背叛的结局。我们最不能接受的就是坚信诚实、善良、勤勉、认真并且吃苦耐劳的品质，正在接受这个社会无情的检验。

但如果我们明白了因果有时无关的道理，或许就可以防止自己投入到一个无解的难题中去，为什么是我？为什么老天爷这么不公平？其实所谓消除执着，恰恰是面对毫无征兆的甚至改变我们人生的突发事件如何应对。这真不是说放下就能放下的。说易行难。

遇到困难就去解决困难，遇到问题就去面对问题，或许这才是人生的常态。犹如我们所说，两个好人未必就一定是一段好的姻缘，足够的才华和汗水却少了一分运气也许就是会和成功擦肩而过等等，但无论如何，我们都不要怀疑优秀的品质是人生幸福的保障，只有爱情可以救爱情，只有真心可以换真心。有许多事不能着急，要学会忍耐和等待，那些看似并无关联的磨炼和考验，都只证明了人生的无常，需要我们以正常的心态和境界去对待它。

不妨迟钝一些

反应迟钝大多时候含有贬义，但曾经有一本日本作家写的《钝感力》，让人们对于这个词汇有了新的认识。其实在生活中，事事反应敏捷，喜怒哀乐立竿见影是一件很累的事，并且未必有好的结果。比如有些明星，有一种笑骂由人的从容，深知受得了诋毁才担得起盛名。但另一些明星则速开骂战，言下之意我凭什么受这个气？而世间的各种气，每个人都有承受的指标。自然是你越不想听的就越是被反复传诵，直到你发怒为止。

我们是普通人，虽说没有上头条的烦恼，但是生活中的无数琐事也足以令人抓狂。如果每一件事都郑重对待，变得跟新闻发言人一样严肃谨慎，不免乏味。我有一个朋友就是一个处事认真负责的人，常年在一线工作，非常务实，待人更是真诚可靠。但是在家里，她先生永远像个大男孩一样，也许是做艺术工作吧，敏感挑剔，又有些尖酸苛刻，于是两个人多有争执，一度几乎闹到了分手的边缘。我的朋友是一个高智商的凡事讲道理的人,也比较较真,这就更容易让争执升级。最终我们讨论不出他们有什么过不下去的重大理由。我说有些事你可不可以没反应,比如他莫名其妙发牢骚,或者当众说一些不合时宜的败兴的话,可不可以当他透明,不必理会他?

人是有自省功能的,当一件事出现不舒服的局面大多数人是自知的,只要是正常人都会做出适当的调整,希望在不经意间收拾残局。若外人立刻就有反应,出于面子或其他原因,事态的发展可能走向反面。另一种情况是人的性格使然,生活中最常见的是一个人生另一个人的气,几天都没消,但另一个人完全不知道是怎么回事,并不明白自己的哪句话得罪了人。同事之间会有这种情况,家庭中也是如此,男人粗枝大叶,女人唠唠叨叨,如果双方又都反应敏感或者过激,平白会生出许多矛盾。

若能够迟钝一些,反而可以避免诸多不快。俗话说事缓则圆也是这个道理,人年轻的时候心高气盛,眼里不揉沙子,遇事容易火冒三丈,大多会当面对质弄出个青红皂白。然而许多事没有那么简单,越描越黑的情况总是有的。此外旁人对于这样的极端和冒失印象深刻,有时明明有理却没有占上风。所以啊,训练一下自己的钝感力并非毫无意义,它会令沉闷的生活轻盈一些。

自律

　　时下有些现象被反复解读之后，给人们留下的印象是：男人比较吃香，可以随心所欲。女人就是再好怎一个"剩"字了得，或者成为单身女汉子，或者能忍则忍跟"小三"斗智斗勇。但其实，社会是由个体组成，作为男女双方并无本质的优劣，一切的所谓好坏都是个案，所以每个人都应该保持清醒的头脑。

　　说到这些现象与自律的关系，那就是看上去比较吃香的男人，若不能洁身自好，就算有一百个女人倒霉也不代表你就能够多幸运。自律并不是说教，讲穿了是一种自保。我知道的一个男人，本人各方面都还不错，性情也算平和。他的婚外情由小暧昧开始，当时只觉得是生活的一种调剂，他的一点小权力正好能帮上那个女孩。但结果情况慢慢失控，女孩可能感觉付出和所得失衡，最终闹到男人家里，砸玻璃摔凳子搅得人仰马翻，男人也没法跟老婆交代，处境十分狼狈，红旗不倒彩旗飘飘的日子从此玩完。

但这种故事对于人间百态真是小菜一碟博人浅笑。更多的时候，这一类的故事最终演变成了八点档电视剧。众所周知，婚姻是两个家庭的结合，同时也表明利益大于一切，任何有损家族利益的事都属于脑子进水的行为。于是出现了"妻党"这个词，自然是娘家人中的各种干将，汇集成为一股力量。"真功夫"创始人被判了十四年，无法追究其中内幕，但仍让人不胜唏嘘，对于妻党的能力也有所见识。当然我并不是说人的情感不能改变，改变了就是不自律，绝不是这个意思。而是想说有许多事情，刚发生的时候我们根本没法预测它的走向，也可能就是一个非常小的问题，在很多人那里都不是问题，结果一步一步演变，最终不可收拾，而对于当事人的双方也没有赢家。我们常常赞美过程，但其实骨子里都是结果论者，这样惨烈的结局谁又敢说当初就有人预测到了呢？

所以无论男女，自律都是一个必备的品质，并不是为了别人而完全是为了自己，从而应了那句话"不作死就不会死"。

最是人间留不住，朱颜辞镜花辞树。再美丽的容颜再好的条件都是可变的，没有人可以为所欲为，都会被大限控制，无论男女。至于感情，从一而终可以很幸福，苦苦寻觅也可以最终如愿。只是一定要处理好而不是最终酿成大祸。而可以以不变应万变的法则唯有自律，管理好属于自己的一切。

标准

时代仿佛被按下快进键,尽管有许多人在呼吁慢慢慢,等一等灵魂多看看风景,但在人们的潜意识里,几乎每个人都有一些时不我待的压力。比如买房,当年一犹豫,房价就成了脱缰的野马追不上了。又如买车,也是一犹豫,突然就宣布限号了。所以现在还是着急的人比较多,有些话一经传播,大伙也是忙不迭地发表意见。但其实任何一个话题都有一个标准,否则争论便成为东北菜名"乱炖",各说各的,互不搭界。

比如干得好不如嫁得好。所谓嫁得好标准是什么?有人觉得不嫁土豪那就不叫好,但也有人觉得嫁个"经济适用男"不操心没压力相亲相爱就是好。还有的人是"外貌协会"的,只要看着就开心情愿饮水饱不求别的。而有人就是要全方位地考察另一半,认为全面过得去才是好。简而言之,符个人标准的结果就是好。然而有些女孩涉世未深,一听嫁得好就是女人的终极目标,

111

立马随大流地想嫁土豪,压根儿没想过自己内心的标准到底是什么,结果找不着耽误了自己,或者发现土豪有许多毛病,顿时傻眼。

再说成功,那也是有标准的。钱当然是一个尺度,很多人会认为越有钱越成功。但也有人认为能做自己喜欢的工作并能用这份工作养活自己那就是成功。还有人觉得我受到同行的认可和尊重,这就是我心目中的成功。而更多的人或许觉得始终保持平安喜乐本身就是一种成功。那么,若我们心中没有标准,每天跟钱较劲造成烦恼多多,实属枉然。是的是的,谁都爱钱,有钱就是成功比较直接。但有时你真没有自己想象的那么爱钱,比如生病的时候,或者你爱的人离你而去的时候。梦醒时分,标准也是会变的。

对幸福的讨论也是一样,每个人的标准都不同,有人会觉得心想事成最幸福,有人则认为医院和牢房都没有咱家的亲人便是大幸。也就是说,幸福可以像嫦娥月兔号登月一样宏大,也可以是饥饿时的一碗泡面,寒夜中的一盏灯光,伤心时爱人的一个怀抱。总之,标准就在我们的心中,千差万别各有不同。

只是,一旦确认了自己内心的标准,请不要随意改变、人云亦云。这是一个嘈杂喧嚣、瞬息万变的时代,如果不能坚守自己的内心,会活得更辛苦更艰难。反而可以确定那不是我们想要的生活。

生活没有刚刚好

有一家特色的面食馆,以前经常光顾,觉得还好。自从装修涨价之后,一次是羊肉肥到没法吃,另一次是疙瘩汤完全忘记放盐。于是愉快的心情自然打折。然而在我们的心中,都已经认可粗放型的生活方式,连有钱人都是土豪,你以为你是谁?要活得多精致不成?所以也不与店家理论,反正人家食客盈门,也不少你一个。

其实生活就是这样,根本没有什么刚刚好。比如你着急用钱,但财是不入急门的;比如你恨嫁,四周一望全是跟你毫不相干的人;本来你想学有所用,结果干的工作恰恰不是本行;或者你对某人某事赤诚一片,但是奈何明月照沟渠。总之正因为如此,"小确幸"才显得那么珍贵,正想睡觉就来了枕头;刚刚给汽车加满油,油价就升了;一脚踏进家门,暴风雨席卷而来;忽然想到自己挂念的那个人,居然他正巧打来电话。

然而只要是美好圆满的状态，总是短命或在刹那间消失。生活的大趋势就是没有什么刚刚好，对这一点没有认识，是很难心平气和的。这是一个追求梦想的时代没错，但是实现梦想的过程却是无比艰辛，那是因为人生的原生态就是不如意事常八九，有许多时候头脑一热的选择，最终的结果几乎都是幻灭。

　　我们常常有一种错觉，认为自己拥有的东西无论是什么都不足挂齿，内心期盼的那样东西如果如愿以偿那才叫人生圆满。我们在这个死循环里徘徊不已。当然不排除有许多人得到了梦寐以求的东西，但有更多的人一直在路上，一直在憧憬，并且终于明白曾经拥有的东西是何等宝贵，比如父母健在，家庭和谐，孩子聪明可爱，有一技之长，被朋友需要和信任，等等。才不会犯下怀揣伟大理想却在现实中四处碰壁的错误。

　　人都是很普通的，人生也没有什么刚刚好。无论你有怎样的成就，成为国师，也不可能超生了孩子如你所愿藏到无人知晓，然后你乐滋滋地独享多子多福。天才是这样，更何况我们凡夫俗子。做事，最终做出决定前都是问自己，输得起吗？输了会没饭吃没法生活了吗？如果不至于，那就做吧，坎坎坷坷总是避免不了。倘若出现那些点点滴滴不如意的琐事，还是不要放在心上，也才能保证自己心态平和，说到底，人活的是一份心情。

弱平衡

生活中常见到病病歪歪的人,有"药罐子""半条命"之称,却非常长寿,活到八十几岁不足为奇。而有些人身体强健无心脏病史,却突然传来猝死的噩耗,让人惊出一身冷汗。人生无常是一回事,弱有弱平衡是另一回事。

也就是说,体弱的人身体会逐渐形成另一种和谐,人如果妥善地与身体相处仍可相安无事。其他的事物也是一样,比如做艺术,技能和意境都能顾及到,效果常常事半功倍,否则不是太实就是太虚,达不到高度统一的结合点。做人也是一样,像阿甘那样笨笨的性格,人生并非就不精彩。而聪明人反被聪明误的例子可谓比比皆是。

现实社会的层面,我们多少会有些羡慕有权势的人,富二代、俊男美女、天才等,感觉他们的人生有一道天然的金色打底,前景不可限量。而更多的人相貌平平能力普通家世乏善可陈,涉世未深已有上当受骗的若干经历,要啥没啥人生的一手扑克没一张花牌就剩下电话号码。这当然不乐观,但也是一种弱平衡。好处是不会一不留神就变成了李某某,当我们看到他的相貌、豪车、书法,也只能感叹这孩子可惜了。

当然大多数含着金汤匙出生的人也都有着美丽人生,人生没有绝对的公平和公正这是不争的事实。然而人生的奇幻也来自难以预测,例如马云,甫一降生似乎并无亮瞎人眼的底牌,因为他的长相而拒绝与他合作的人何止一二,如今他跟弱平衡毫无关系,简直就是超人。这说明弱平衡的人也有大把机会。俞敏洪当年也是个典型的弱平衡,结果呢,他今天的成就有目共睹。所以说在上帝那里,所谓的美丽人生并不是世袭的,有许多童年生长在优渥环境里的人,最终都经历了人生严酷的暴风雨。反之弱平衡的人也因为不懈的努力,看到了难得一见的人生彩虹。

如此说来,强弱都不算太重要,重要的是平衡。平衡是一种境界,是如一叶扁舟的个体在茫茫人海中如何与人相处和自处的技能,是除了谋生之外还要具备的令自己坦然的人生观与价值观。否则有明显优势的人有可能成为李某某,而一个弱平衡的人也有可能变成马加爵。那么,当我们稳居劣势的时候,若能够保持平衡,便不会气馁,会默默地提醒自己在坚持不下去的时候坚持下去。

不解释

　　年终，一个朋友给我写了个长邮件，历数沉积一年的怨愤与不满，看后有些吃惊，我一直以为我们是开口就可以说猪头你在干什么的那种朋友，想不到嘻嘻哈哈的外表之下其实有些矛盾已经伤筋动骨。一开始，我极有和她彻夜长谈的冲动，把她说的那些事一件一件梳理清楚，解释清楚。事情都是有影儿的，但其中掺杂着许多误解和歧义。

　　冷静之后，开始做一些反思的功课。最终发了几个字的短信向她道歉。这件事情就结束了，她明显情绪好转，我也没有感到更多的委屈和不适。良方就是不解释。事实上，解释是一件非常累的事，先不说还原当初的场景、当时的对话，凡此种种不可能像影视剧中的闪回那么精准，这一块就不知要费多少口舌。好吧，还原完毕，你怎么想我怎么想你这么认为我那么认为，再把潜台词重新斟酌一遍，然后开始解释误会，我不是这个意思我是那个意思云云。总之想一遍都是浩大工程。最重要的是，人性中有选择性相信或遗忘的特点，在无法同步的思维中想靠解释转变一个人的看法基本是徒劳。这还不包括说话总有冒泡的时候，说到激动处再一次争辩起来，肯定是两败俱伤。

此外最核心的问题是这个朋友还要不要交下去？如果不想放弃那又何必大动干戈伤了和气？如果决计分手不再来往，那彻查到底分清对错又有什么意义？这也让我联想到生活中的许多事，解释是非常多余的且又有越描越黑之嫌，基本达不到我们预期的效果只会平添烦恼。张中行先生几乎用了一生，才让我们了解到他并不是《青春之歌》里面的余永泽。他晚年的著作大火，从未专门书写或解释别人对他的歪曲或曲解，让我们看到了一个知识分子应有的气度。艺术作品也是一样，电影《一代宗师》里有那么多令人不解的画面，导演并没有喋喋不休地去解释，还有李安大师，他的思想全部都在镜头和影像里。

凡事落入了解释或不解释都浑浊不清的状态，便是值得怀疑的。一段友谊，一份爱情，若是善缘必定简单清澈。如果需要许多理由或解释去掩饰、美化、扶植和小心翼翼，终会让人身心疲惫。而更多的时候，我们不是不明白，而是不愿意去做那个稍微清醒一点的角色，宁可眼看着美好的情谊付之东流却挡不住当时的负气、较劲，其实所有的解释都在说服我们内心的那个顽固的自己。

人生若已到锅底

初始,谁不是一块小鲜肉?就算普通青年感叹自己没有青春,青春也是最公正的,蛮力、冲动、毫无遮掩的大笑、刷夜、胡吃海塞,哪一条不需要年轻做资本?所以啊,美丽的诗句都拿来致青春了,哪怕是失恋、受骗、没钱到兜比脸干净都是值得回味的。

然后呢?岁月是把杀猪刀,我们不知不觉就坐到了锅底。想当官爬不上去,想出名寂寂无名,想赚钱屡战屡败,喜欢的人对自己不理不睬。这还不包括家庭的突变、厄运的降临。总而言之,人生的路顿时窄了不足为奇。有时候还真需要一些励志书鸡汤书来麻痹一下自己。要不说人家于丹教授精神气场可以制服雾霾不是盖的,在严酷的现实面前,不是说人不强大天不容吗?

可是这种全民励志的做法真的适合每个人吗?在中国最有代表性的就是高考誓师大会,那种极端的口号、爆棚的热情、偏执的巨大压力居然来自官方的某些教育部门,而承受者又是一群势

119

单力薄正在形成人生观的孩子。我们为什么不能让他们心平气和地学习,为什么要裹挟着所有的孩子参加战斗?谁都知道人是有差异的,差异性也是最宝贵的,不同的人适合做不同的事,并非人人都是高考能手,有人去了解和体谅那一部分孩子的所思所想吗?这是集体给高分生陪绑陪法场,还是我们探索多年素质教育的丰硕成果?

重新说回落到锅底的人生,同样有一个扶不扶的问题。如果不幸没人扶,就趁机歇一会儿吧,或者干脆睡一觉,然后起身无论从哪个方向走全是冲上。对了,只要还活着还能走,本身就已经十分励志了。前不久生了场大病,坐在锅底良久,深感能吃能睡是何等的不寻常又何其伟大隆重,其他的一切都是浮云。相信这是每一个经历过锅底风云的朋友们的共识与感慨。没有此番经历的人也不必庆幸,人生太长,总会有一些事情逼迫你看一下别有洞天。

并且,人在锅底的时候,励志是没有用的,挺住、加油、雄起这类词汇只会让身心更加虚弱和不适,唯一可行的是强迫自己忍耐和等待,当然是等待一线生机的出现。而今天的社会污染还包括充斥在各行各业的成功学、金钱论,以及对凡事以冲锋、打仗甚至暴力的手段获得成功的认可。其实,凡事首先应该善待自己,认清现实,顺势而为。没有其次,也没有其他。

不是你想的那样

朋友的女儿三十未嫁,碰到一个自认为条件不错的对象,马上献宝。心想真是天赐良缘,于是静候佳音。结果女方不见,丢下一句不喜欢公务员(只对扎马尾的文艺男情有独钟)。当时就掉井里了,本来一直担心男方嫌女方年龄大,但根本不是那么回事。

国外的电影明星,感觉莱昂纳多还不错,本届奥斯卡不上榜也就算了,评委会还毫不客气地贬低他的演技,什么程式化的表演,用了诡异的笑容抽搐的脸颊等等毁灭性的词汇,让人超级不爽。在我们看来,娱乐圈的美女帅哥过的都是公主王子的幸福生活,每天被鲜花赞誉簇拥,然而"小李子"的一双泪眼撩开了神秘的面纱。《1942》是我喜欢的电影,票房受挫也就算了,为什么冯导会那么不开心? 一直想拍又拍得那么好,就算注定有情怀就没票房,至少可以平静面对吧,为何显得确实已到伤心处? 张国荣他还缺什么啊？邓丽君为什么不得善终？

想不通就对了，因为世间有太多的事并非我们想象的那样。我们犯自以为是的毛病已经成为习惯。如果是聊聊八卦倒也无妨，生活中延续这种思维方式就可能出问题。我们讨厌一个人，就会不自觉地形成阴谋论，觉得他无所不在地搞事；我们春风得意时脑袋里会出现假想敌，无人羡慕那肯定就是备受嫉妒；多年不见的朋友要求聚餐，会不会有什么事相求；那个从来不理会我的领导一定对我有成见，我干到死也不会有出头之日；等等，不胜枚举。但其实，你讨厌的人未必那么关注你；你的顺风顺水跟别人毫无关系；聚会只是想吃一顿饭见见面；不理你的领导说不定对你印象还不错。

往坏处想未必，往好处想也未必。可以说事与愿违是普遍真理，所以直来直去或许更好。性情中人比较受欢迎，他们不是不想，而是不多想。就算生活中出现了一些搞怪的事也不出奇，更没有必要过度分析过度解读，因为若事情并非我们想象的那样，就算是想破脑袋也是无解的，也是瞎耽误工夫，不如等待答案慢慢浮出水面。而更多我们不得而知的内情是没有所谓真相的。简单的人生，都是舍弃了复杂与猜度的人生，我们不必知道别人怎么想，只需接受结果，不必十万个为什么。钟点工上午说离职，下午就赶紧给家政公司打电话找人吧。

不辩也不教

　　我一向崇尚广东人的处世哲学,务实勤勉,冷中温热。所谓一方水土养一方人,便是那一份淡定的气质需要用心体味。和一位命理师聊天,他是地道的西关人,平和喜感没有锋芒,聊天也就非常随意。他说自己与年轻时最大的区别是在生活中不辩也不教。我静候下文,他说争辩容易发生口角,本来一件事人家也可以那样想,自己的观点不一定是标准答案,就算是对的争吵也没有意义。不同意的时候可以沉默,不见得要吵赢为止。

　　这一点我基本赞同。但是不教怎么讲?他说每个人都很聪明,内心都是明白事理的,既然是装糊涂你干吗要教他?很多人都不说的事,你说皇帝没穿衣服还不是自作聪明,只有童言无忌大家才松口气。自以为是的典型标志就是逢人就教,成为习惯。长此以往岂不成为没穿衣服的人?想想也是,杀人偿命的道理谁不明白,何以被逮到就说自己不懂法?看破不说破也一样,哪儿都不多你那把口,生活中也是处处禅机啊。要是真有人不明白呢?他说那也不劳你教,人家又没给你红包拜你赐教。

尤其是人有了年纪有了经历,难免不想证明自己见多识广。我自己也是常常把人当作对方辩友,来不及的要与人一争高下。有一次跟两个新识的朋友去打羽毛球,她们一路都说不会打,害得我卖弄浅薄,上场砸我一个三比零。所以说高手都隐藏在平凡之中,那些不吭气的人就等着你班门弄斧成为一个笑话。如此说来,锦衣夜行还不算什么难事,最难的就是不辩不教。

梁左说,人老的特征不是保守而是维新。也是,如今有一个谄媚年轻人的风潮,无论我们多么看不懂的事也要附和或者表示理解,显得自己没那么落伍。这种时候所说的话原可以不说。还有人退到二线之后,突然言论激进像新青年一样,在一吐胸中块垒之余也想解释一下自己的清醒明白。然而有些话不在位置上说也就不必说了。不是吗?如果不是工作上的关系,现在夸夸其谈的饭局许多人已经避之不及。请客不重要,谁来才重要。有智慧的人都希望带着耳朵赴约,而人只有在不辩的时候,才能注意倾听到别人话中的几分道理;也只有愿闻其详的恭敬心,才可能吸收到埋没在平庸言语中的精华和养分。或者,我们以受教的心态出现,抱以山外青山的敬畏之心,更有助于修炼内功。

接纳一个人从此不见

　　有容乃大。接纳一个有缺点的朋友和接纳这个不完美的世界,都是智者反复教导我们的。但是接纳一个我们曾经用情至深的朋友渐行渐远,直到无影无踪从此不见,还要做到轻轻放下。谁不懂得缘尽缘去的道理?平和接受心无微澜却着实不易。

　　感情和友谊都会出现这种状况,曾经轰轰烈烈贴心贴肺,后来疏远了隔膜了。计较的不是付出了多少,帮助别人不要妄想回报,应该立刻忘记。这是普世的真理。计较的是辜负——如若当初知道你是无心之人,我又何必?心苦的一方原不是计较财物得失或者费时费力,只是心这个东西不能用到无穷无尽,不能对着对方感叹,我可是为你搭了三根支架。

　　这么说吧,先不要高看了自己。不要觉得别人碰不到自己便生活在亘古的黑暗之中,人生的一盘棋必定乱七八糟,四突无望完全被将死。我们没有那么伟大,对方遇不见我们或碰上其他的贵人,另有一番辉煌也不可知。其次,不要高看了对方。人的境界从不因为是密交就上下对齐,你的话对方接不住也是常有的事,你希望他这么呼应但他却莫名其妙空枪飞靶,那是高标准严要求的错,未必是对方的缺失。并且人是环境中的人,随着时间起舞或者气馁或者膨胀都很正常,间距的调整有时是水到渠成了无痕迹,咱们就从了吧。

再好的情谊从此不见却能心若止水、微笑以待,这是何等清雅之事。犹如淡茶、轻欢、无事的片刻。有太多严以责己处事认真的人,会认为我才没有那么没心没肺,我若是不走心,当初何以那样待他?可是你们在一起总有快乐吧,而且被求助同样会滋生一种浅优越的满足。那时的亢奋激动也是真实的吧。事后的抱怨,哪怕有一千条理由都辱没了当年的时光。所谓的好和坏都是真实圆满的。无非事过境迁认识不同罢了。

人生是一段一段的,总要另起一行。若能一生一世相见甚欢心心相印那得几世的缘分相加?真不敢太过期待。在这个风雨飘摇的世界,越高深的情分越脆弱,常常不着一词从此陌路。按照养生君的说法,狭隘、敏感本身就是心血管出了毛病,就是病症,不是道理可以解释的,应该治病,治好之后想计较都计较不起来了。这是近年来听到的鸡汤之外又有点惊人的新解。

乙方

夸奖一个人的品行纯良，没有人不赞同，因为会影响到公众道德和社会风气，但还需用词得当。比如说一个人供养自家的保姆20年，这种提法有些失当——至少保姆已为主人家服务多年，最后的三五年需要被照顾，不能给人多年白吃白住的感觉，这样有失公道。不如把接受金钱或关爱的一方称作乙方，在此之前是雇佣关系，保姆并没有白拿主人的钱，付出了辛勤的劳动以及忍受寄人篱下的孤独，同样是可以量化的。

不是说这家的主人不值得夸奖，一个为了利益立刻劳燕分飞的年代，一个儿女成群却被饿死在出租房的老人，这些有悖伦理的现象都在告诉世人，世道人心业已功利到了极点。还有人能回报与自己没有血缘关系的保姆，像侍奉自家的老人一样，可以说难能可贵。但话又说回来，乙方也一定是付出了我们难以忘怀的情义，或用尽了心血和岁月与一个素昧平生的家庭生长在了一

127

起,无从分离。所以也有反过来的例子,那就是甲方由于各种原因家道中落,但是保姆倒贴带着主人家的孩子不离不弃,感天动地。从另一个角度说,双方都是出于不忍,若要良心安好,恐怕也只有如此,否则会深深自责无从释怀。

我们有时会放大自己对别人的好,尤其是掏钱这个动作容易深刻在脑海之中。然而但凡毫不犹豫的付出都有斩不断的因缘。曾经,有一个经济拮据的朋友,当时我的家人手术住院,只有我一个人陪床。她未发一言来帮我值后半夜,第二天一早没有时间洗澡换衣服,直接就去上班了。可以想见,我当时缺的不是钱而是帮手,也不需要她支持钱而是支持后半夜。还有前段时间生病,我央告一个朋友半夜开着手机以防不备,她只说了一个字,好。当时我就泪如雨下。所以啊,我们对朋友好其实是有原因的,完全不必放大。

佛家是最大的乙方,收到数以千万计的香火钱。但是它给予我们的心安、坦然、平静却是金钱无法衡量的。作为香客金主,我们极少看到谁谁谁一掷千金修堂筑庙的报道,见到的都是一无所有的法师劝诫民众向善戒恶。即便是大明星如王菲,不止一次唱《心经》时,也是白衣胜雪,一脸肃穆,尽心尽力。因此,乙方其实只是一个对应,收受或许只为甲方心安。人家肯接受我们的给予同样也是功德。为何善迹无痕?因为它无所不在,并且给予和收受是等量守恒的。

128

知止

据说尊贵人家的宴请，干鲍的个人分量只得半只，燕窝也不会超过三汤匙。所以许多人参加越高级的聚会越会腹怨吃不饱，必定要在路边摊补充一碗打卤面。但这便是高级的精髓铁律，也是我们爱土豪的真实原因，酒池肉林吃到傻。

知止，的确是一门学问。前段时间跟同行讨论著书选题，不约而同的，无论什么素材，如粤剧春秋、美食沉浮、音乐世家等等，无一例外地要与重大的人文背景相关，不牵扯到孙中山、辛亥革命、广州起义之类，便多少感觉这样的书写没有意义。有这样的纠结是很可以理解的，就连《舌尖上的中国2》也因为某些地方过于人文而置食物于不顾，受到观众的批评。可见，这种倾泻式的处处人文，总有一天会像鸡汤君一样，再鲜美也挡不住反胃。

"山在那里"有一解是登山者被反复问道为什么要登山，托词而答。"面向大海春暖花开"也许只是单纯写景，在我们这里都被赋予了无限的人文内涵。一旦变成常规思维,便演变成"一个馒头引发血案"的笑话。

而其实所谓的人文精神,有时恰恰是不著一词却饱含满满的意会,是一种对内心的默默召唤。就像一朵玫瑰,我们如何区分它的形式和内容,因为完全融为一体了。一个工匠把手艺做到尽善尽美,其人其物本身就很人文,完全没有必要人为地拔高。所以适度是最高的褒奖,因为恰如其分让人觉得是这么回事,心悦诚服。而那些离题万里又情真意切的表白,就是无度的滥情,无论多么高妙,都变成了阻碍和负担。全身上下堆积名牌的暴发户被我们所不齿,但是过度人文的毛病几乎在所难免,一不留神就语重心长。

一部《红楼梦》,有人看到的是盛衰史,有人感慨的是情为何物,还有人记住的是《好了歌》,而对于"弱水三千,我只取一瓢饮"这句话,同样可以成为一盏灯。犹如足以淹没我们的养生大潮,不就是一个"少"字吗?少吃少喝少荒淫无度,自然就身心健康了。所谓"时代病",也无非是我们拥堵的欲念无法一一排列实现而显露出的症状。这是一个高度膨胀的年代,包括我们的抱怨和谩骂都高度雷同,毫无节制的发泄或大打出手时有发生。无论正面或负面的信息都一泻千里,让人有刹车失灵之感。所以我们要研究的不仅是出发、奋斗、成功、拥有,还有反思、内敛、节制和知止。

气吞山河

女人励志原没有错,但也不必说得气吞山河,搞得像话剧台词一样,话一出口成为彪悍的女汉子。曾经,不知为何一提励志,我就是这个鬼样子,有点变态似的。其实励志也可以云淡风轻,一是需要内功,二是考验耐力。不需要你穷我就怎样怎样,你富我就怎样怎样,无论有钱没钱我都怎样怎样,说来说去还是在男人的价值体系当中打转。

很早以前,我女儿的小学老师家访,我也是大谈教育小孩子自食其力,说得激情四射。老师平淡道,她不自食其力还能怎样?她有的靠吗?我顿时冷静下来,是啊是啊,不是富二代官二代的小孩子还能怎样?今天的女人如是,不励志,不自己赚钱搞掂一切,有人为你付半毛钱吗?如果有人供养再气吞山河也不迟。反正我是无论什么时间段都没遇过这等好事,只能拼命工作,求人不如求己。如今的时代冷漠而现实,谁会为谁埋单?

既然是"不得不"的选择，就算披上励志的华美外衣，也不必先感动了自己。反过来说，认定小田同学是伪励志也有些欠厚道，不过是以前默默无闻地励志，现在傍着王石励志，反正都是励志，都应该鼓励，学习她身上的优点。女文艺青年容易讨厌各种可疑的励志，只有自己旱地拔葱一穷二白换来今天成就的励志才可歌可泣，这样理解生活有些狭隘。

无论什么话，说成大声公，总有一点赌气的嫌疑。也许怨气就在没花到男人的钱，结果男人还不老实，搞三搞四，令人失望和气馁。

然而励志的层面，不仅仅是赚钱立命安身，同时要做的还有修行，也就是言谈举止，管理情绪，既没有必要小心翼翼也不可颐指气使，包容和理解与自己价值观不同的人。只有内外兼修才是全方位的励志，那也就不存在"分辨心"，无论男女无差别相处。其实这个世界上有才华能赚钱的女人并不少，但是同时豁达、温润又有幽默感的女人却不常见。也许有人感觉我何必那么全面，难道要证明给男人看吗？但是扪心自问，我们自己不是也希望理想的对象既是高富帅又像韩剧欧巴（帅男）只对我一个人好？在这种选择上大家都很贪心，这太好理解了，那么对自己有要求也算理所当然。

而在我的心目中，优质的励志就是自在，可以做自己不愿意做的事。像一个网友所说，"姑娘我，嘚嘚儿地骑马，携笔仗剑走天涯,有你,自然乐意,无你也有旁人。姑娘我且歌且行,自在潇洒",这样的心境岂不比气吞山河强?

重点

有一个段子,说老师讲考试重点,全本书画上红杠杠,不如直接说非重点反而比较清楚。自从有了自媒体,发言不再是天大的问题,所以洋洋洒洒口若悬河的人特别多。我自己也一样,下笔必万言,好像还没把事情说清楚。

韩剧的万能台词之一便是,请讲重点。真是源于生活高于生活,因为看似寻常简单的一件事,却极易出现偏差。比如有人说事是"话说长江"型,喜欢从头道来,但其实对听者来说,过程、纠结、千回百转并不重要,"你想说什么?""你想让我做什么?"才最重要。还有一种人是"没头没尾"型,从一件事的中段开始说,而且全部是情绪,以泄愤、抱怨为主,听者是一头雾水,多问一句引来的是新一轮万炮齐轰。

不要觉得文化水平高就不会出此状况,经常碰到高学历的人犯这样低级的错误。语言直接反映了你头脑的清晰度,这非常重要。说事,已经发生过的要三言两语高度概括,与对方无关的事省略,然后进入重点,重点就是"时间地点人物",你需要干什么需要对方做什么。

识人也是如此,有人围着有钱人团团转,问题是这跟咱们有一毛钱关系吗?有人紧跟超有才华的人,可那是别人的光芒啊,何时也反射不到咱们身上。识人的重点就是正派、明理,其他可以另计。具备这两点并不容易,三观不正的人再有能力,岂敢共事为伍?哪怕手上有再多的资源,最终都是鱼死网破。不明理的人就算忠厚老实,"拎不清"也是要人命的一件事,不可能走得更远。

有许多正确的事选择做还是不做,重点是自己能否坚持,大至一生的梦想,小至健身养生。必定可以坚持的就去做,否则再优质、正确的事都不必开始,反而养成了虎头蛇尾半途而废的习惯贻误终生。

写文章同样要养成惜墨如金的习惯,不必给人这厮是来赚稿费的嫌疑。最大的问题有两个,一是把写文章当作写素材,什么有的没的照搬无误。作者是厨师,是端出鱼香肉丝、翡翠虾仁,谁看后厨的花椒大料葱花姜片外加瓶瓶罐罐?二是别把看官当傻瓜,一两句话能说清楚的事不必弯弯绕,任何奇怪晦涩的心路历程都会有人理解,别觉得自己石破天惊一万年终于冒出我这个写手。如此这般便可落笔。总之,说话处事的重点就是开门见山,先说最重要的,说关键词。

美感

　　土豪的标识说到底就是直接、粗放和缺乏美感,嫁女就两胳膊一脖子的金器,足秤殷实其他一切省略。真正的小资也不是布衣布鞋穷逛穷游,而是不会发火撒泼只好干瞪眼,因为在心底害怕恶形恶状。必须承认由于各种原因,我们是一个对美并不敏感的民族。先不说芸芸众生,就是许多成功人士,基本功那么扎实,那么有才华,衣服色彩的搭配、发型的修剪,也让人一声叹息。当年日本演员栗原小卷看到大明星赵丹不剪鼻毛而深感不解,这在日本日常生活中也是一件失礼的事。然而那时我们的性别都有些模糊,许多现象变得极为正常。在一个粗俗的大环境里,美可以变成万恶之源。

　　不就是装嘛。其实"装",并没有美感,只有自然洁净才能让人体会到修养,"装"只不过是另一种形式的简陋和经不起推敲。所以具备美感并不容易,其中的度可以在毫厘之间,需要人生的历练、智慧、见识和用心的体会,既不能太穷也不能太富,更不能太忙,还要有隐蔽的艺术眼光和气质,才可能给人得体和舒服的感觉。

还需要时间和熏陶,需要书香草气和纯朴的心性。我们为什么会对自己的失态恼羞成怒?因为失去了美感。为什么会在不知不觉间处于困境?那是因为太想得到和贪念。总之失调失衡的结果就是丑陋,无论是什么原因。

当然,美感也是非常会骗人的。《来自星星的你》的成功关键就是足够的美感,美感给了我们极大的满足,让人根本无暇顾及什么真实深刻等等一系列的问题。艺人当中,董洁和潘粤明,姚晨和凌潇肃,都曾经美到没朋友,大众只剩祝福,结果后续的狗血情节轻易击垮了虚幻的美,甚至可以说前期有多美好后来就有多不堪。可见美是多么柔弱的奢侈品,经不起一点点的风吹草动。并且还需要距离和疏离,近观和紧密是它的天敌。

可是美感又可以那么具体而有力,像云门舞集竟然美如泉涌。像《一代宗师》可以美得惊心动魄。诗歌、音乐和绘画让我们的心灵如沐春风,还有大自然无私的馈赠,让我们一点一滴地感受到润泽和滋养。并且美是稀缺资源,常常与我们擦肩而过。缺少发现美的眼睛是生活中的常态。也只有当我们从心底告别粗鄙化庸俗化的时候,美的意识才可能启蒙和觉醒。

有可能更糟

　　乐观的人更值得我们学习,因为总是元气满满让人感觉到力量,以对抗生活中无法穷尽的压力。这世上有三样东西,最是无用又耽误时间,那就是担忧、责难和评判。那些没发生的事,那些盯着别人只想批评和审判的行为,如果占据了生命中大部分的时光又有什么意义?而那些被责难和评判的人,通常埋头苦干、默默承受,也许作品或成绩没有那么好,我们也该向他们致敬,毕竟说易做难,敢于一步一步实操的人才是真正的强者。

　　因为各种不容易,造成我们固化的思维方式——凡事必须好上加好。比如升官了,一定应该发财。比如生了一个女儿,必定再来一个儿子才更圆满。再比如人长得漂亮,自然要嫁个高富帅;或者买了花园洋房总该有奔驰宝马相匹配。然而这普天下的事,能够成双入对相伴而来的多半是困难与挫折。为什么不想一想既然有好上加好,怎么会没有糟上更糟?

乐观的人会想,我遭遇车祸摔断了腿,如果更糟会危及生命。我这次评奖榜上无名,可是经过历练深受启发有可能进步,如果更糟或许一直是个自大狂而不自知。说到这里,乐观就不再仅仅是一种性格而是一种生活态度,也许为人处世会更宽厚更包容。像演员刘涛,不见得最美最会演戏,可是她温和乐观、乐于助人,深得同行和观众的好评,虽然没有拯救整个银河系,但至少维系了全家的生计和情感。换一个乘坐过私家飞机的少奶奶,很难想象还可以咸鱼翻身。

有一种工作伙伴是屡败屡战笑傲江湖,而我永远是气急败坏型,因为总觉着我们这么努力理应好评如潮,为何还有人无动于衷或者鸡蛋里挑骨头? 其实许多事情为什么不可能更糟? 例如精心策划的方案与他人撞车;本来稳操胜券的一件事突然强手如林毫无征兆地败北,生活里到嘴的鸭子又飞了的事比比皆是,为什么独我们幸免? 所以对于那些成功人士,就算不屑也请心存敬意,请相信他们一定非常糟糕过,但仍旧拍拍身上的土重新站了起来。

观念转变了,生活会是另外一个样子。一个女人美若天仙,一个男人才高八斗,如果经不起磨难耗损,只能好上加好,没有半点担当的勇气,终难留住身边的人。而懂得有可能更糟的道理,反而会在人生不同的阶段保有灿烂的笑容。

一样

　　如果装修房子和买房子的钱一样多,效果、质量和舒适度肯定上乘;如果买内衣和外衣的价格一样,人的气质就会提升;如果对待朋友盛时和微时一样,可以得到珍贵的友情;如果个人的努力无论顺境还是逆境都一样,成功只是迟早的事。

　　但通常我们的所作所为,无形中会产生差距,不仅不一样,有时甚至天壤之别。比如外表光鲜靓丽,家里乱得下不去脚,却永远自称名媛;人前说了冒头话,回到家里照样好吃懒做拖延症,所有的梦想永远停留在梦想阶段;如果种了一棵桃树,十个果子被人摘去八个,再难热爱这棵桃树,不再细心呵护、施肥浇水,由它自生自灭;再或者,所有的努力功亏一篑,就再也不可能以原有的热忱去对待工作、学习和感情。

　　一样,哪有那么容易? 我们都是现实中的人,都是被生活这同一位老师教导长大,慢慢地适应了环境。当我们受到重创、挫败、当头一棒，无论来自哪个方面，都会锐气大减，在心里对自己说，不会再爱了、不会再傻奋斗了、不会再投入真心了，很自然地我们也变得自保、消极，变得一副过来人姿态的长吁短叹甚至说风凉话，最终变成我们曾经厌恶的那种人。

然而总有一些人，他们是打不垮的。像褚时健先生，他种橙子和种烟叶是一样的，无论中间历经多少风波，他的信念、意志和抗打击能力是一样的。像高仓健先生，直到他的名望稳坐云端，他身上"士"的谦卑是一样的。所以他们的成功总是更能击荡我们的内心，令我们心存敬意难以忘怀。人都有赌气的时候，但凡不顺我们会自怨自艾运气不佳，一命二运三风水这也是没有办法的事。然而，不少人写文章谈到事业有成人士，无一例外地都说他们闷，如果是作家就一直在码字，如果是画家就一直在画室，艺术家就一直在拔嗓子练功，影视明星从一个剧组到另一个剧组。当然他们有光芒四射的时候，在报纸上，在富豪榜里，在舞台银幕上，在领奖台，在我们心里。但请相信他们绝非夜夜笙歌，他们的艰辛只有他们自己知道，并且他们背后的努力大大超过人前的风光。

如果想注定不平凡，至少要言行一致，尤其是在失败的时候、被人看低的时候、感情受到欺骗的时候，请对自己说，我会用一样的努力和付出走下去。

第五辑　诺不轻许

中年沦陷

　　每一个人的忏悔都有真实的一面,哪怕是在"眼前无路想回头"的时刻,抑或是在绞架下。并且,年轻的时候谁又不是一腔热血励精图治,结结实实奋斗过?都是力争上游的好青年,否则也不可能有骄人的好成绩而节节高升,怎么进入中年就站到了被告席上?

　　如果年轻时是种树,中年便可以坐在树下乘凉了。如果年轻的时候一穷二白没有人脉和资源,中年便可以运筹帷幄一路通达,若想自我规划就地圈钱,也变成一件举重若轻的事。所以说中年沦陷有时完全是在不知不觉中演变而成的。知道一个中层干部,并非位高权重利令智昏,他对工作认真负责,有能力又肯吃苦,但因各种原因没有位置便久未提拔,年龄不饶人凡事时不我待,终于他出现补偿心理,官道不顺就挣点钱吧,于是利用手中的权力开始贪腐。身陷囹圄后不仅自我忏悔,了解他的人也深感痛心。

还有一个朋友，并非"万花丛中过，片叶不留身"之人，也是有才华而重情义，不知中了什么邪，中年开始搞外遇，离婚后更加肆无忌惮一直换人，且都是年纪越来越小的女人，最终他无房无车穷困潦倒，一事无成是肯定的，结局是英年早逝。在此我们不做道德审判，只是这样的中年也沦陷得太彻底了吧。一个人，有多大的能力吃几碗饭自己要心中有数，没可能人人都是赌王几房都搞得掂。中年是心力、能力和体力都开始往下走的阶段，如日中天的表象之下则是输不起的现实，并没有"千金散尽还复来"的故事，敬请三思。

　　如今鸡汤君的标识必提到"初心"二字，可见我们当初金黄色的梦想和奋不顾身的努力，都不是为了今天站在绞架下忏悔，或者毫无尊严地老去。人生的两大平衡点无外是工作和生活，如果是攀登的状态或许会对自己有要求，对周边的环境有警觉。直到名利双收，所有的诱惑都是伸手可及的金苹果，不摘白不摘不拿白不拿。别人有金钱美女我为什么不可以？有时只是一念之差便万劫不复。

　　并且，没有孤立而不牵扯他人的悲剧，自己的家人和孩子，或者蒙受痛苦或者走上邪路，葬送了他们的大好人生。这是最彻底的失去。人只有到了中年，才会深感子女的宝贵，才明白自己的奋斗有着明确的指向。谁希望他们成为魔女恶少？老话说富不过三代，凡事缩水的今天，应当警觉中年沦陷，一代玩完。

关起门来当老大

有识之士一再提醒:贵族,是最先奔赴战场的骑士,是泰坦尼克号上把救生艇位置让给妇女或儿童的绅士,是一件羊绒呢子大衣可以穿十年以上的既朴素又懂得上乘品质的人。江湖大哥,是最能牺牲个人利益而维护团结的人,是路见不平拔刀相助而不图回报的人,是既低调又温良谦卑绝不肯出风头的人。当然,对于这样的高标准,这样的人性挑战,我们光是想一想也是自叹弗如,暗自庆幸不当大哥好多年。

然而在这个自吹自擂的时代,每个人都有幸在一定的范围之内当老大,上至行业精英,下至界内老板,哪怕仅是个一家之主,都有可能被相关的一票人众星捧月。随着事业越做越大,上过报纸电视富人榜,感觉一出门就该有红地毯,天下谁人不识君?如果说这还只是一种气度,就内心戏而言那就是可以任性撒野,想干吗干吗想说啥说啥。我曾经采访过一个行业精英,当年她奋发向上、才智过人，眼见她攀上了事业的高峰。但是后来她变成了一介女皇，颐指气使出口伤人甚至有点莫名其妙地耍威风。还有一个同行，当名气如日中天时他甚是恍惚，问曰：我还是普通人吗？着实可爱但又令人不知如何作答。

一个人果然可以火爆到不按牌理出牌吗？其实倒仓的事俯拾皆是。不要说"手表叔""微笑帝"，即便是当年一言九鼎的人，在不合时宜的地方聚餐、买醉，都有可能被不知名的网友拉下马。就是演艺界大佬，雄心勃勃的精品巨献也可能秒遇票房滑铁卢，所谓人心江湖便是世事无常。犹如李嘉诚君也有排在马云之后的时刻，而但凡真正的成功人士，我们极少见到他们耀武扬威口吐狂言。所以啊，无论是谁在一个圈子里混久了，当了几年老大都有可能产生唯我独尊的错觉，仿佛外面的世界都是我们家客厅，或者都是我们公司。不但不能倾听，包容不同的意见，就是客观地对待人和事都难做到，曾经优良的品行和健全的功能竟也渐渐退化。

常常，我们厌恶的暴发户嘴脸，并不仅仅是豪车美女一身名牌，酒池肉林一掷千金。哪怕是一身布衣，腕露佛珠，若言行虚妄，也是标准井底之蛙的风格，同样是没有文化的表现。山外青山楼外楼，以孤身孤旨看待世界一切影像，才会更真实、更清晰。

无常便是常

　　每当有熟人或朋友以突然的方式离世,我们都会痛感人生无常。然而大凡世事,何以一次远游就客机失联了呢? 一次喜庆的狂欢就遭遇踩踏事件再也没有归来呢? 地震、海啸、塌方、火灾、枪击事件等等天灾人祸都是在猝不及防的时刻降临。这样一想,其实我们的生活危机四伏,没有谁有真正的安全感。因为无常便是常态。

　　懂得无常是常的道理,就可以检测我们的生活态度乃至人生观。作为个体的人,一个人便是一个圆,别人很难掺和进去,尤其是成功人士,从赤手空拳到硕果累累,其中的甘辛与艰难无从与外人道,加上品质优秀难自弃,终极目标会定得很高。然而所谓的一步之遥常常是千山万水,最终死在成功的路上并不出奇。这便是我们人人都会产生的意念——不甘心。其中所谓的突发状况,终是日日的点滴积累所致,不可能一天病倒。只是我们过于偏执,只关注我们认为最重要的东西,轻看了岁月留痕。

这也是成功学最害人的地方,它宣扬的案例让我们感觉到唯一的标识就是官位、权势、财富。但其实做自己喜欢的事,财务自由,受到别人由衷的敬重等等,凡达成一项者都可以视为成功。再者,无论是哪种成功都是个人心愿所致,与他人无关。那么死而后已或许也是一种幸福。怕只怕最终明了心愿虽大,还是比生命小,珍惜自己也是同等重要的课业。

生命有限,岁月无常,这是在说人生是有大制约大局限的,并非以个人意志为转移。哪怕年轻气盛哪怕身强力壮,或者一时得风得雨一时前途无量,都保不齐受到"无常是常"的逆袭,这个因素就像癌细胞一样秘密地潜伏在我们的肌体里。只有在这样的大背景下,那些我们熟悉的警言金句才成立,才令人听得进去。否则以人性的弱点看,我们常常会膨胀到认为自己法力无边,毫无疆界。但其实并没有那么一回事,在你之外,有人管着;在人之外,有天管着。

所以要回到常识做人,要清白踏实,懂得珍重感恩,谁都不是随随便便在我们生命的过程中停留的,请爱惜他们,那就是爱惜我们自己。即使一时春风得意也别忘了纲常和根本,即使一时不顺遍体鳞伤也不要放弃自己。皆因无常是常。

跳起来够得着

与如觉法师的友谊平淡而绵长。最近一次见到他都是一些善男信女请教俗事，繁忙的程度超出了想象。如今的寺庙早已不是青灯黄卷，也是以开放的心态接待民众，可见大时代风潮之下几乎没有被遗忘的角落。中午吃斋饭的时候，我们简单聊了几句，就此分离各自繁忙，但回想他说的话，仍旧让我受到启示。

人生最大的课题是生老病死，许多人事业有成却过早离去。而若没有欲望和成功的激励，时代又如何进步？这一组相悖的观念多少都令现代人困惑，一个人到底是要奋斗还是无求？以什么程度为佳？若想不清楚就会在现实生活中茫然。如觉法师开示，目标就定在"跳起来够得着"。这让我想起"文革"时期的一则笑话，某小学生的志向用他自己的话说并不远大，就是"解放全人类"。然而笑过之后，我们自己的愿望也可能是"登上富豪榜第一名"，或者几年之内成为某行业的老大，再或者是中国的比尔·盖茨、乔布斯等等。

中国梦当然也包括狂想曲,常常是我们的能力有限,就算不吃不睡,要达到一个小小的目标都困难重重,那么为什么不能把目标定在只要持续地努力就可能达到的位置?这样的目标可以是出一本书、攻读一个学位、给父母买处房子、换车等等。这样的目标应该不至于以牺牲身体健康为代价,或者以每一天巨大的压力形成砝码,令我们不堪重负。

还有一种情况是表面上一步之遥的目标,其实与自己相隔万里如海市蜃楼般遥不可及。比如从艺人到艺术家,从千年老二到冠军宝座。以此类推总有一些事让我们产生立即可以得到的错觉,人在这种时候,根本听不进什么平平淡淡才是真,对于那个拼命付出的自己已经欲罢不能,最终变得面目全非神憎鬼厌,成功与否已经不重要了。而且有些愿望并不宏大,但实现起来渺茫至极,如"愿得一人心,白首不分离",又如"世论与我不同,天理也与我不同吗?"

当然,这已经不是够得着够不着的问题,是三分天下的思维,即自己的事、别人的事、老天爷的事必须分清楚,明白凡事天意不可强求,那就守好或者做好本分而远离焦虑。这样说来,所谓的努力和看淡从来没有对立过,纠结的是我们还需要悟出生活的大智慧,平凡的时候理应努力,得到的时候却能看淡。那么复杂的人生或许可以变得惊人的简单。

等运到

广州人的幽默是骨头缝里的肉,吃到赚到。像这一句等运到。遇到熟人打招呼,最近在忙什么?笑嘻嘻回答等运到。难道说还不是每天走鬼揾两餐?或者赶场开会爆脑袋?那些繁琐的课业还用一一赘述吗?省去不知多少废话,又有对美好生活的憧憬。

可是运气什么时候到?那可是千古之谜,人算不如天算只能等。唯一的特点就是猝不及防,什么机会只留给有准备的人,那都是励志鸡汤。有的人年纪轻轻,颜值中上,既无嗓音也无演技,突然红到买游艇。请问这类人做了什么准备?更多的人是每天忙忙碌碌、辛苦打拼,其中极少数的人可能中了彩票。总之与运气小姐擦肩而过的事比比皆是,绝不会因为你做足了功夫她就降临。照样是晚上千条路,早上起来卖豆腐。

而且运气很少重复出现,早来运气的人后续的生活可能不及平凡的人。犹如新股民赚到钱，满脸写着胜券在握，最终却永不提及这块伤心地。艺人当红的时候绝不相信自己会成为蓝洁瑛。所以有时候运气晚点倒是好事，毕竟有些历练不至于轻狂到愚蠢。还有，运气可能改变人的世界观。有一个哥们儿，他中了大彩票本是好事，但他误认为自己是个中高手，于是组织各种财力大买彩票，把彩场当成赌场巨资干预，直到最终输到鸡毛鸭血打回原形。这样说来，有运气还不如没有，不中彩票而老老实实工作，人生不见得如此病态。

所以啊，人的生命里能够承受多大的运气还真不好说，突然账面上多了一亿，不一定有想象的那么淡定。甚至有一些大师级别的人物，在大的名利面前失态或者失语也不是出奇的事。如果说做好准备，除了精进业务之外，具备通透的品质与慈悲的情怀可能更加重要。当然我等芸芸众生，就不劳费神于大名大利，反正都是不可能发生的事。那么小的运气便更加值得珍惜，如饥饿时的一个馒头，孤独时的一个伴侣，辛苦时孩子的一个微笑，困难时朋友的一声问候。这些都是我们的运气。诚如星云法师所说，每个人都是自带风水的（大意）。其实就是自成因果，福报积攒到一定程度，就会格外得到运气的关照，凡事顺风顺水，那不是可以靠计算或计较得来的。"等运到"所以有智慧，它的潜台词就是我还能忙什么，不就是忙修行吗？做好我的本分，不信它不来。

忘记定式

习武之人讲究童子功，每天踩梅花桩。下棋的人要经常摆棋谱，如同画画的人练习素描、写生，弹琴的人要弹练习曲一样。大家都知道这是基本功，是万里长征的第一步，出师之后再谈其他。凡此种种脱掉三层皮，技能日高，然后呢？吴清源大师说就是统统忘记，忘记定式。各行各业也都是如此，必须忘记曾经的一板一眼。这真是一句禅机重的话，为何苦练是为了忘记？定式为何到了一定程度便成为阻碍？

我们学习一门手艺，学会已经不容易，做出匠气很难，如果还有原创型的个人特色可以说是难上加难。所以常常碰到的情况是"吃什么拉什么"。说一部书好，夸奖的话是前半截《红楼梦》后半截《金瓶梅》；说一部电影肯定有票房，必定前半截是《教父》后半截是《海上钢琴师》。总而言之，我们忘不了经典之作的震撼力量，根本没法忘记定式，只好在定式中变换手法，借以保持上乘的品质。然而这一类的作品说到底仍是大伪之作，明眼人一看就知道出处。真正好的作品，我们可以看到作者别开生面，把所谓的基本功和学养融会在自己的独立思考和个性体验中，其作品绝不在定式里，但又闪耀着经典的光芒。当然这非常难，念念不忘定式就不可能游刃有余。

生活中也应该适度地忘记定式，因为生活本身是流动的、变幻的、因缘聚汇的，并没有统一的定式可以套用。比如婚姻的定式就是相亲相爱，但有时可以成为战友必须吃苦耐劳并肩作战，有时理念不同可能成为对手各自努力成就不同的天地。又如我们帮助过的人，总觉得自己有居高临下的特权，别人就应该对我们感恩戴德一辈子。但其实定式已经改变，你帮助过的人也许也帮助过你，或者因为各种原因人家帮不到你也不能视作忘恩负义，那都是太简单化的理解复杂的生活。至于曾经的海誓山盟就更加不能成为心目中的定式，只能说前前后后都是真情流露。

吴清源大师的棋艺最终如入无人之境，杀遍行家无敌手，有人说他是超人，也有人说他的行棋有哲学思考，至少他离那些高妙的定式是十万八千里的，那些定式烂熟于胸，最终化作灰烟，大师以圆熟独特的方式重新思考棋艺，成就了自己的流派，也成为他人学习的榜样。

唯一的资本

高仓健说,身体是演员唯一的资本,必须好好供奉(大意)。所以他在生活中相当自律,甚至到刻板的程度,加之他的母亲也是若你不吃鱼就一连三天全是鱼那种性格,所以高仓健以外貌体重而言,永远是同龄人中的佼佼者。的确,作为以文体两行为职业者,给人的印象是直接用相貌或身体拼,显得肉身格外重要。然而对于常人,其实唯一的资本也是身体。

不吃台前饭的人总有一种错觉,认为身体就是臭皮囊不需要那么珍惜,为了精神世界的高洁,首先牺牲的就是身体,熬夜看书,思考问题。前不久看了路遥先生的一篇创作谈,大意是说作家对自己要残酷一些,他便是上午醒来还没开笔就是一支接一支地抽烟,直到嘴巴发麻,通常一天两包。然后喝完一大杯咖啡才算接通大脑电源。路先生 40 多岁就生病离世,他的文学成就也是很高的,但是这样不把身体当回事,我不敢苟同。因为我们身无长物,赤手空拳来到这个世界打拼,渴望得到名利总要付出,于是身体就成为敲门砖。还有一种人是意志薄弱,喝酒玩牌夜夜笙歌,最拿得出手的理由便是压力大。

　　韩剧里有一句万能台词就是要按时吃饭。可见生活中吃饭和睡觉这两件最为平常的事情,我们大都做得不好。如果遇到烦心的事或者心情不好,也是先煎熬身体,甚至用自伤自残的行为让爱或者不爱我们的人内疚、痛苦。我们没有本事自愈自救就折腾我们的身体,就像我们对外人客客气气而对家人总是气急败坏。而事实上,正如高仓健所说,我们最应该的就是以恭敬之心态来供奉唯一的资本,它累了冷了热了饿了必须妥善维护,如果需要休整还必须拿出足够的时间度假,什么都不做养着它。如果条件不允许,那就尽可能按时吃饭睡觉保持状态。因为,身体是有记忆的,我们对待它的点点滴滴它都会以客观的方式反映出来。那种以自虐或者放纵的态度对待身体的人,也会得到身体程度不同的报复。并且,并不是我们的身体有多糟成就就有多大,那些名人或者才子的逸事或者酗酒或者暴饮暴食,如果不是一次半次也只能说他们意志薄弱,算不得优点不值得效仿。也许有人会说那么刻板的生活该有多无趣啊。所以才说生活本身就是修行,是谁告诉你人生是可以为所欲为的? 那些所谓的成功人士其实生活中都相当简单、规矩,因为他们心里最明白,什么才是唯一的资本。

诺不轻许

　　在人前拍胸脯实在是一件快意的事,所以我们常常空许,等有空了我请大家吃饭。当然大家也明白这是客气话,但养成习惯终究不好。一个朋友对侄女说我请你吃哈根达斯,然后忘记。出国一年之后回来,侄女依然记得,叫她兑现。可见,有时候我们随口一说的事,还是有人记得,就算都没当回事,也是自己开过一张空头支票。

　　还有一个朋友,待人是又花钱又花精力,评价仍然得分不高。就是有一个毛病,说话口子开得太大,转头忘记了,得罪人就不说了,问题是做到的别人认为应该,因为你承诺过,做不到自然罪恶滔天。她最夸张的是许诺普通朋友,她的遗嘱里会分给普通朋友一大份美金,简直成为一个笑话,朋友坚决要立遗嘱不要她的美金,因为她曾许诺过的照相机、电视机、宝马车什么的全是一缕青烟,外人却以为这位普通朋友得到实惠,结果是被气昏。还认识

159

一位丈母娘,婚前给女婿诸多承诺,如调动工作、资金援助等,婚后没有兑现,使期望值过高的女婿如同从云端落到地面,失望透顶,最终以小两口离婚收场。

宫崎骏说,一举一动,皆是承诺。的确,在一个诚信跌破底线的时代,口说无凭,全看你怎么做,或者我们跟骗子说的话完全一样,令人无从分辨,唯一的办法就是静观其行。所以越是满嘴跑火车的社会,越应该牙齿当金子使用,做不到的事就不要说,说了请跪着也要完成。江湖上一句"这人不靠谱"的评价,基本是自断生路。

还有一种情况是激情承诺,比如爱你一生一世。总之爱的宣言比比皆是,后来情况改变了,普通人无事,明星的话就会兜底翻,前任、前前任都会跑出来痛说,搞得当事人百口莫辩。可见,人就是在疯狂的时刻也不要轻易许诺,做多少算多少,至少可以"不负女皇不负卿"。包括对自己的亲人,他们更容易当真,做了一百件事,一次挂空就彻底完蛋,每每不开心了又要唱一轮。

我们考察朋友,通常也是看他说的多还是做的多。并且,一个人能够克制住嘴的快感也是一种本领,说得多没问题,但诺不轻许,没成的事别说得跟真的似的,完成了再说不迟。哪怕是很小的事,说了不做不如不说。车辚辚,马萧萧,行人弓箭各在腰。你以为你是什么货色别人不知道吗?

世无难则骄奢必起

《宝王三昧论》中说，"处世不求无难，世无难则骄奢必起"。看来还真是有迹可循，诸如某些贪官除了要权要钱，还敢要人的命，敢杀人焚尸或抛尸。可见，权力不在笼子里的时候可以魔高万丈、为所欲为。

我们常人并无机会钱权交易搞出惊天动地的事来，唯感人生多难，终日艰辛竟没有一件事是顺的，想升职公司劝退，想买房房价飞升，上有老下有小的发愁，火柴没头的光棍也发愁。总之经历的全是梦想破灭的过程。然而非常奇怪，人的成长居然都是从这许许多多的困难中开始的。我们被贸然丢在人世间，背景、钱财固然重要，但也绝对不是唯一。败家子千金散尽和穷小子上位的故事我们听得多了，毕竟修行靠个人。

谁都有过少不更事的轻狂，有不知天高地厚的愚蠢，有自我为中心的心安理得，有老子天下第一的野心。凡此种种都是由九九八十一难来破解的。我年轻的时候调动工作，以为原单位一定不会放人，结果秒批，连一句挽留的客气话都没说；若是有了春风得意的错觉，必有一场大病前来折磨令人万念俱灰；炒股养基金人人赚钱的那些年，我一冲进去便被削掉一大截，一分钱都没赚过全是倒贴。可以想见内心中的自我与现实的距离相差甚远。

但是反转来说也不是全无收获，那就是开始改变认知，开始懂得道理，慢慢建立起成熟的价值观和人生观。尽管每个人的处境不一样，所生长的环境和遇到的困难不一样，活着活着会发现做人的道理全一样，什么都不难，做人才是真正的大学问。把人活明白了一通百通，无论碰到什么困难都能够绝处逢生；反之，到了眼前的金苹果就是抓不着，还诱惑着我们团团转。所以困难永远和人生并存，稍一离开，人的骄奢必起，人性的弱点必暴露无遗，不知干出什么荒唐事，或者变成一个笑话而不自知。

我们常常觉得，别人的人生都是顺风顺水的，我们自己则是倒霉悲催；别人那么烂居然得到了那么多，我们在名利场上永远是端盘子的那一个。然而殊不知所谓的别人落实到个体身上，也是历经磨难的，只不过有的人有笑对逆境的本领，更多的人则选择不说，选择越是痛越是困难就越是不动声色。如果有幸抽身客观地看待自己，会对曾经的磨难报以感恩，因了然，也因云淡风轻。

学习独处

有的人扳着手指头算退休的日期，有的人则有退休恐惧症。想退休的人未必善于独处，可能要跳广场舞、打麻将、四处旅游，哪儿人多上哪儿去。害怕退休的人也并非不能一个人待着，主要是成就感、荣誉感、归属感突然消失，担心出现极大的心理落差。

社会变得喧嚣、繁华和多元，看上去是越来越热闹了，但实际上每个人都在坚守个体，办任何一件事，我们发现很难说服别人，甚至从未说服过，哪怕是亲人或者非常亲近的人。比如劝人少吃大肉喝大酒不要熬夜，后来发现那个人没有半点改变，当时的诚恳称是不过是敷衍的戏码演得逼真一点。或者张罗一件事，说的时候应者如云，落实时发现只有自己当了真。这就说明，其实熙熙攘攘都是表面现象，现代人最需要的还是足够的空间，本质上不喜欢被操纵被打扰。所以我们必须学会的本领就是懂得独处。

这跟文化程度关系不大，爱看书的人也可以爱热闹。我有一个朋友她就是不喜欢待家里,她高学历但就是一个人的时候心里乱糟糟的。所以她常旅行,掺和在不同的圈子里,也热心公益,从来都是和靠谱的人在一起。很小众的所谓艺术比如噪音音乐会,从头到尾就是调弦杀鸡踩鸭脖子掐猫等等这一类的动静,她居然从头听到尾。那也比待家好,这就是她的心声。当然这样的人生也没有什么不好,只是感觉有些欠缺。毕竟,守静更能让身体停下来享受舒适,单说打坐只闻自体一息尚存,我试了多次都是满脑袋翻江倒海,着实不易。

这跟性格的关系也不大。有的人风风火火闯九州,一样可以气守丹田,好多天不出家门,享受独处的美妙。而有的人并不合群,走到哪儿都是羊群里的骆驼,做出与人亲近的样子也是怪怪的,这样的人未必不会在内心十分害怕独处。这一类人也最容易成为工作狂。我的另一个朋友,她走得越高就越发现身边没有同行者,真正是高处不胜寒。广场舞、大合唱、甩手疗法什么的她也没兴趣,退下来能干点什么令她倍感茫然。

这跟我们内心的孤独有一定的关系。因为人生充满变数,也因为人生中的许多困局是无解的,我们想一晚上和想一年结果是一样的。无解和无果会让我们跟孤独或伤感的自己无法相处,我们需要许多热闹和繁忙打破这种僵局,需要更多的疲累和重口味抵御内心深处的悲苦。然而,无论多么有价值的工作,多么变幻万千的热闹,也许最终的结果仍是烟花易冷。一个人看书,一个人吃饭睡觉,一个人发呆,一个人想想心事,一个人熏香赏乐,以独处的方式慢慢地卸掉身上无形的担子。其实学习独处就是学习如何跟大千世界相处。

当羞辱成为一种文化

　　莱温斯基因为22岁时犯的一个错误付出了惨痛的代价。阿娇和陈冠希因为艳照门至今都没有什么戏演，尽管一直有声音为他们辩解称不是他们的错。艺人、导演、微博大咖若不够检点，一夜之间便可成为吸毒者、嫖娼者。我们当然都赞成依法治国，但是除了量刑之外，还是要挂在媒体头条接受示众这样真的合适吗？女人，更是无所不在地接受剩女、小三、大妈这样的称谓。先人、老人、前辈不要奢望敬语，随时都可能被冒犯或者诋毁。

　　网络时代，羞辱行为变得更加隐身和便利。我们也都骂过别人或被别人骂，骂仗升级之后沦为吊打和凌辱，最刻毒肮脏的言辞随处可见。问题是没有人认为这是问题，都什么时代了，你不冒头怎会有人削你或者拍砖？并且这是一个泛娱乐化时代，人类一思考，不光是上帝发笑，周围没有一个人不笑的——所以要当女汉子啊，没有人会对你温良恭俭让，坦然地面对羞辱，收起一颗

166

玻璃心,是作为一个现代人的标配。男人没钱就是要受气和看尽冷眼的,女人未嫁就是箩底橙打折货,老人请自求多福倒了是没人扶的。小孩子就更让人担忧,稍不如意就跳楼的学生,除了压力大,也害怕公开的羞辱吧。

民国有什么好?翻看当时报纸的社会新闻,一样有奇形怪状的事,有卖假货的奸商,有欺行霸市的地痞,也有为了钱六亲不认的混球,社会从来如此并没有所谓的格外清明。但是无论如何那时还是有规矩的,有礼数有教养的,关起门来教孩子都是一套一套的。我们现在夸一个人说他家教好,便是一等一的称赞。而当下的问题是无序,是价值观的混乱,羞辱、恶搞蔚然成风。这就不能不让人怀念一个旧时代,羡慕那些中华民族传统精髓保留得小心翼翼的地方。并且在我们的内心里,谁不向往着温暖和谦让?谁愿意一直保持着厮杀的状态?

羞辱也可以是静态的、形式美好的,比如我们对待被赞助人,他们或者没有钱或者残障,必须展示并且允许别人围观自己的贫穷和缺陷还有困境。羞辱也可以是冷漠的,我们对于失败者的挖苦调侃包括不屑的目光,对于犯了错误尤其是公众人物的幸灾乐祸肆意攻击,从未想过他们将怎样度过人生的黑暗。我承认我也曾经认为莱温斯基是贱货,十年过去了,她成长了,再回头看这件事我觉得自己并没有权力去羞辱别人,就像我们对于先人是用来敬重而不是羞辱的,无论对错,难道我们四月拜山是为了给他们纠错吗？我们都会犯错，我们也都要接受现实的骨感和不堪，但请不要极尽羞辱之能事，其实每个人都有反思的能力和改变的精神，都会有痛定思痛的觉醒。而我们记住的刻骨铭心的大都是困境中的鼓励和关怀。

行走也是阅读

　　诚品书店的模式被认可之后,各种类似的书屋书吧相继出现,有高大上的方所和唐宁,也有打小资温馨牌的主题书店,同时以读书会形式出现的相惜取暖小团体也如雨后春笋般初露头角,一派生机勃勃,又可谓为打造全民阅读之氛围都还蛮拼的。

　　阅读肯定是一生修为的基础,凡事,没有根基妄谈其他。然而凡事又有两面,强调一头难免弱化另一头。比如行走也是一种阅读,读的是自然或社会这本大书。同样是用眼睛去看去了解,又加上了身体力行的感受和体会,可以说是事半功倍。有人说不读书不思考到处乱跑是个邮差,这话只说了一半,另一半是只读书动也不动的人就是个无用的书呆子。

　　行走并不是旅游,或者说旅行是行走的一种。旅游好,好吃好住好玩长见识,高端客户顺便买个包包或者名表。另一种行走却是学习或者阅读,比如我们周边的并不喧嚣的文化现象,或者正在消失的民间工艺,还有耳熟能详的古村落、画家村、再或者是前卫时髦的自贸区、科学城、汽车城长什么样子?我们了解多少?若不走出去探究,是没有办法完成的任务。目前有的工作室组织到日本京都数日,每天观看并亲手学习制作一种手工制品,不能不说是另一种形式的阅读。本省本市也有不以盈利为前提的团体去了解如醒狮、唐鞋、铜器等已经明显边缘化的个人和家族,不能说这种阅读就没有意义。像电影《一代宗师》的出现,主创人员走遍全国各地,亲历北派南派的武侠世界,寻找风雨飘摇的代代传承,学习和工作用的素材是海量的,说是成片的十倍百倍都不为过。这样的壮举是行走,也是阅读,显得格外的扎实而有力量。

当今社会看上去眼花缭乱,新生事物层出不穷,各色人等粉墨登场,貌似杂乱无章,但其实剥丝抽茧就只有两种人,宅的和死宅的。出来的基本上全是老年人,因为各种不会造成各种不便只好跑出来亲力亲为。年轻一点的,出来是低头族,在家叫外卖用网购饿不死,有人甚至没有社交圈半个朋友也没有,如果成为生活定式着实令人担忧。

所以,当我们宣传静态阅读甚至情调阅读小资阅读的时候,一定不要忽视行走、亲历也是一种阅读。而伴随阅读的也不仅仅是咖啡和芝士蛋糕,也有土路、溪水和山野里的风,有我们不知道的一方水土养一方人物心中的故事和歌谣。如果与美食相遇,读到的可能是诚意和文化；如果打一份义工，读到的或许是友情和心灵。总之，要宅读，也要走读。

巨婴症

巨婴症还真是不分男女老幼,泛指头脑身体都非常健康的人却生活不能自理。有一个笑话是某男,已过精壮年在家跟老婆发脾气,说为何还不开电视,《新闻联播》马上就要开始了,老婆急忙从厨房奔出来救急,原来这男人不会开电视。这都不算称奇,据说有许多大师级知识分子一辈子只学会了扶油瓶或者划火柴,还做得笨手笨脚。遇到这样的人,老婆简直不惧小三,告诉小三几点吃药几点喝茶几时洗澡炸酱面他都是不会自己拌的,结果自然兵不血刃出师大捷。女人中的巨婴症也不少见,吃着爆米花的无知少女拿着电影票也找不着位置。我年轻时看断肢再植的纪录片,要在显微镜下接上血管和神经,心想连蜂窝煤都对不上孔的人真是望尘莫及啊。有男作家到了美国结识了会看产品说明书又能实操的女战士,感觉性感又迷人,顿感只会撒娇的中国粉黛无颜色。

一个人再有学问，或是天才但同时患有巨婴症，生活便不如想象中那么完美吧。社会进步科技昌明之后，人显然不是越来越能干，每周提一包脏衣服回家的大学生不算极少数。有两种情况的人会好一些，一是当过兵，二是出过洋在国外留学，几乎是所有的生活技能都给逼出来，结果终生受用。只有天才如顾城除外，他最后的疯狂举动有感情上的原因，应该也有离开谢烨后怎么生活的恐惧。永远都不要小看生活琐事，会简单地做饭洗衣，会坐公交地铁，会去银行或者医院处理自己的问题，这一切都是技能，都不是生下来就会的。我一直都羡慕和喜欢动手能力强的人，什么东西坏了一捣鼓就好了，一些复杂的家具居然自己敲敲打打拼接装好。有时候看到日本手工制作的出品那么精良，不觉心生敬意。我们宋代的东西也能让人叹为观止，为何现在的大环境再也不重视"做"，人人练的都是嘴上功夫？

我们常有一种错觉，就是要干大事，或者能成就一番大事的人像巨婴一样得到别人的照顾是理所应当的。殊不知人生在世，做到生活基本自理是一个人的标配，我们空投到这个世界，若说做人有大学问修行全靠自己，是不是应该达到标配甚至还可以帮助别人？像演员刘涛她可以有公主病，但她是温暖达标的小媳妇，人人都喜欢。帅如小贝他若患巨婴症上帝都会原谅，可他抱着小七的样子摆明是会做家务事的，也是人见人爱。有人说巨婴症最大的特征是无脑。是啊，训练自己的动手能力本身就是动脑,体会其中的不易和辛劳,从而体会到成为别人负担所增添给别人的困扰。人都是这样慢慢成长起来的。或者你先成为大师级人物,那样有人给你挑鱼刺才能成为美谈。

一顿饭的工夫

"一顿饭的工夫"通常是指不太长的时间,更多用于书面语言,像一根烟的工夫,大家都明白是什么意思。凡事就怕较真,较起真来功夫了得。我不懂大数据,只说个人感受:饭局的标配版是四人左右,最好是工作搭子或者极相熟的朋友以不用装为标准,说点事聊聊家常八卦身心完全放松,吃的是偏素的精美小菜。由于神形松懈反而会有一点好的想法和点子,或者出人意料的心情和故事,之后也会感觉到总有几句话说到了自己心里或者还真没从这个角度想过,所谓自喜于薄有斩获。

大饭局就不好说了,不是吃饭那么简单,若是女性总得提前收拾一下再化个淡妆,基本一下午就没有了,还有心情上的准备,这并不是矫情而是尊重,像某些人都开演了才进影院和剧场,其实是对自己的不礼貌。如果是隔行之人还应做一点点功课,不至于饭桌上话不投机半句多。这还都是靠谱的饭局,一顿饭的工夫可想而知。另外一种情况属于聚餐,的确也都是朋友,但人一多就只能说一些公共话题,场面就变得苍白而热闹,老段子说了一遍又一遍听了一遍又一遍,但是怎么办呢?没话题就会冷场,大家都是场面人都懂事都得捧着热场子。如果是酒局谁又都控制不住场面,一两个人喝大了谁也不许走,这就完全不是两个小时的事,一般饭店不打烊散不了场。

这种消耗其实蛮大的,也不可能有什么收获,渐渐变成应酬饭。隔三岔五来一次反而容易成为习惯,感觉是存在感的试金石,什么时候被遗漏还会产生失落感。尤其是工作相对个体的人会把饭局当作组织,有了隐形的依赖,几乎可以影响到人生观。这还真不是夸大其词——想一想那些逢局必到的人好像总是无暇顾及其他。而我们成年人没有谁不觉得日月如梭快得惊人,说得严重一点穿越于若干饭局也可以岁月匆匆,更不要说一不留神喝多了,自己都不知道说了什么,葬送了一世的英明。

所以把时间花在饭局上是应该谨慎的,认为有价值的三天三夜也不嫌长,应酬饭实在一次都属多余。若是暗中自诩原来我是这么受欢迎,就更是脑残,可以说没有谁是靠周旋于各种饭局而扬名立万的,还是得拿出真功夫,否则每次都出现在马云的饭局上又有什么用?曾经有一个同行也是喜欢泡局,好好的笔头功夫最终荒废了。人要是决定消磨掉自己实在是太容易了,青春和人生果然是用来荒废的吗?诚如《一代宗师》所说,人生真的无悔该

176

有多么无趣啊，这不过是自我宽心的片汤话罢了。所谓的成功人士还不都在闷头奋斗，又有谁会出现在不着边际的饭局上？

语言的杀伤力

　　咆哮、怒吼、破口大骂当然是语言暴力，还有一种话痨现象，说的都是一些琐事，但架不住反反复复，同样有令人发疯的杀伤力。日前在一家茶餐厅吃饭，卡座的隔壁是一对母女，看不到人，只听见妈妈边吃饭边教女儿，没有章法和条理，想到哪儿吃到哪儿说到哪儿，延绵起伏没有间歇。离开时看了一眼，妈妈强势，小女孩豆芽菜一样瘦小，感觉她是被语言压迫得根本长不高长不大。还有一种人，上了公交车开始讲电话，全是碎一地捡不起来的闲话废话，聚餐或者喝下午茶的时候可以慢慢说个够，非要在公交车上从上车讲到下车，报仇一样地说话。更有一种人永远抢话，别人才说一句便引来滔滔不绝。这些都是病，得治。

　　确实，如今我们的社交平台开放到自由化的程度，可是我们却要面对从未有过的孤独。说话本身也许是驱逐孤独的手段之一，每个人都有不得不说的理由。然而另一方面，我们向往的灵修、清修、修心、沙漠或者高原行走,目的自然是荡涤内心的污垢与杂念,净化灵魂。其中有一个重要的细节或被忽视,就是这样的行为几乎都是全程禁语的。不说,而去感悟;不说,而去体会。这是无论仪式感谨严的清修和大隐隐于市的修行所共同遵守的戒条。多说尤其是零信息量的碎碎念,就如贪吃贪财贪便宜一样,有非常丑陋的一面,是需要通过身心的修行去改变的恶习。

可惜我们不知道,以为语言像空气一样无处不在,多说少说又有什么关系呢?但其实就在我们身边,仔细观察便能发现,有专攻的人,知识渊博的人,有思想的人,有行动力的人,基本都是沉默寡言的,甚至某些艺人、脱口秀节目主持人台下也是一脸无话可说的表情。有的饭局因为大家都知道胡言乱语就像穿错衣服妆容模糊了一样是大忌,所以场面阴冷到不得不尽快收场,那种时候谁能多说一句话都是救场。所以啊,任何时候都不要抢着说话,山外青山楼外楼,以免证实了自己的浅薄和愚蠢。

一件事情反复做可以是专家,重复细节的人也可以成为大家。最关键的是这样的修为修行可以忘记说话和琐事。我们常常感念高山大河的苍茫无语,感念大爱、大象之无声。那么哪怕是在鸡毛鸭血的市井生活里,也可以少说或者不说,让孩子安静地成长,让朋友和家人远离语言暴力。

孤岛生存法则

　　王康说:"这个时代本是缔结友谊的时代,但人与人之间日益成为孤岛。文明之所以有用,根本处应是防止人们走向孤独和绝望。"的确,本以为科学发展人类文明日益激进,我们应该充实而亢奋才对,为何冷清的人与终日赶场热闹的人都是一脸的孤岛相?张爱玲说:"我们的自私与空虚,我们恬不知耻的愚蠢——谁都像我们一样,然而我们每人都是孤独的。"我们像圣女贞德一样为自己而战,唯一没法摆脱的还是内心的荒芜和苍凉。

　　以前,物质匮乏的年代,我从来不愿意美化那些千疮百孔的岁月,但必须承认那时候更容易得到友谊,困难重重面前友谊显得弥足珍贵,而且也只有友谊可以对抗那些困难。曾经单位里有一个同事要去新疆探亲,他要从内地带去数不清的东西,都是同事挑着担子送站,那担子重到身体差一点的男人都站不起来。那时谁结婚刷房之类的事没朋友帮忙怎么完成?有人会说那是互相帮助,根本不是友谊,可是谁的友谊是石头缝里蹦出来的？都是一来二往在困难中建立起来的。那时候不容易感到孤独,都有三个亲的两个好的。而今万事可以用钱解决,不到万不得已没有人想欠人情债,因为出来混都要还啊。

　　诚信,也会减轻人的孤独感。打开家门走出去,人人事事都是真的,彼此信任,那心里该有多踏实,哪里还会感到孤独？然而现在诚信是穿越底线的低,骗术翻新生熟通杀,满眼没有一个好人,谁心里不是冷飕飕的？自成世界自成方圆自生自灭自求多福。

　　还有就是拜金的风气畅通无阻地流行。钱自然是好东西,但就是有一丝寒意,以前总听说资本主义社会是冷冰冰的金钱关系,实在没有感性认识,现在完全可以充分地感受到:银行的基金经理在你付钱的前后完全是两个态度。饭店里高消费的客人总是得到更多的笑脸和关照。年轻人不换"肾六"都不好意思出来混。金钱制定的标准只会越来越高,人人望尘莫及,也人人累得七荤八素孤立无援。

　　所以孤岛生存法则其实非常简单,首先就是要学会帮助别人,不是为了得到回报而是缔结友谊。这个世界哪有那么多高山流水生死相交,一个温暖而随意的下午茶已经足够,说说闲话找到一点存在感就好了。其次就是为人诚实无信不立,做这样的人容易找到同类,无论是工作还是生活都可以并肩作战。最后一点,可以爱钱但不必太爱。太爱钱会影响人的判断,会在不该抠门的时候抠门,如果良心尚存会不好意思受到别人的恩惠,时间久了可能身边空无一人。人是群居动物,再高冷也有三五成群的时候,渺小的个人根本抵挡不住各种风雨会有被抛弃感,是真正地对不起自己。

第六辑　因爱成疾

旧时风月

非常抱歉，生活中我是买过高仿 A 货的人。必须承认当时没有顶住诱惑，老实说真正的奢侈品实在太贵，因为消费到肉痛，诱惑力反而没那么大了，就是性价比高的东西会让人不顾一切。

然而我这段罪恶的历史维持的时间并不长，很快就幡然悔悟了。不是由于加强了学习道德感增强，而是发现了一个不容忽视的状况，令我洗心革面。

那就是，真货和高仿放在一起，初时是一样完美无瑕的，想想看，同样亮眼睛的东西用十分之一或者更少的钱就可以买到，对女人的杀伤力简直巨大不已，许多人中招不足为奇。

但是这种高兴非常有限，很快又变成了沮丧。

有人说，因为你自己心里清楚是高仿，身上的气势就没有了。这绝对是一个像样的理由——全身假名牌的人也优雅不到哪里去。

不过另一个重要原因是,经过时间的淘洗,也就是当东西旧下来的时候,才是高下立见的苍茫时刻。真货,尤其是高价名牌,无论是包包、衣服还是首饰,依旧能保持它往日的美颜与风光,品相、颜色、笔直的针脚死活不脱线,更有一些品牌的东西反而是越旧越有味道,去掉那些明晃晃的浮光艳丽,有一种跨越时间的从容和风华。反观高仿,只要旧了,便再也掩饰不住百般的简陋与残相,首先是不成形了,整个状态处于完全塌陷,然后颜色变得莫名其妙或者干脆直接脱色脱线,简直一副等待抛弃的样子。

所以,为什么旧时相逢,风月无边?

那就是初始之时,无论人与物,都有一层保护色,有一种新鲜感,自然人见人爱,车见车爆胎。但是在时间的磨砺之下,能够保持原本的优质、朴素而又有光芒,是一件非常不易的事。

于物,它身上曾经有过的文化沉淀和价格担当,旧了,这些痕迹一样也不会少。于人,当去掉了那些孔雀开屏般的虚妄,剩下的本尊才最为真实、简单、可靠。耐得住旧,便是区分真假之利器。

自信心

　　小心眼和抠门这一类的毛病通常是妇道人家的标签,若有幸落到男人头上,表现出来的症状不知觉间会放大十倍百倍。有的男人很有才华却无胸怀,易燃易爆总让人感觉有距离,有压迫感,甚者令其才华也大打折扣,毕竟这个世界上有才华的人并不少,而有才华又有胸襟的人却不多。

　　大部分有才华的人都死在最后一公里——皆因境界上不去,让位给那些才智一般但是谦虚谨慎又善于合作的人。抠门就更不用说了,知道一个大老爷们发出天问:为什么我身家千万老婆还要跟我离婚?同事们怔在那里不知如何作答,扫地阿姨说你抠门啊,再多钱又有什么用?

　　所以一个人的自信心根本不在说了什么,我们平时夸下海口气吞山河的时候内心多少有些空虚,要靠慷慨陈词壮胆。曾经参加过一个活动,出场的全是业内大腕,但是大家都保持低调与谦和，甚至都不太大声说话。其中有一个人物发言，他以讲笑的方式说到另一个人物在电梯里当他透明，大概是觉得他不够档次。当时就感觉这个男人有点心窄，认识不认识或认识不理睬都是非常正常的，而且很多人会认为不熟不骚扰是一种礼数，不是人人都必须处于铁粉状态。这个人就是那种典型的光芒四射却无刀鞘的人，刀锋外露又曾出现过其他乱子是一点都不奇怪的。时间长了同行也会避之不及。而金钱上的纠纷就更是人品的试金石，有的名人不仅计较甚至私吞身边工作人员的钱，简直令人瞠目结舌。

这一切外化的表现说到底还是没有自信心，如果有就不会那么在意别人的耀目与成功。但凡有自信心的男人不仅话少或者不说大话，无论多大年纪眼中都尚存少年的天真，而且心胸辽远，完全不介意一时一事，也是装不出来的。甚至也没有什么金钱概念，多少都不太计较，令人感受到大家风范。

路遥知马力，人只有走得远方显现内心的从容与定力，常被提及的十年板凳冷，那种完全被抛弃和忘记的孤独若没有坚实的自信心，是无论如何无法修成大业的，也不是拥有一时的光环和优待之人可以同日而语的，而往往心窄或者计较的男人更脆弱，最终成为自己事业的绊脚石。

并且，过分的自恋也是一种不自信的表现，永远是万星伴月的感觉，会不尊重同行或者专业人士的意见，稍有动作便认为全世界都应该起立鼓掌,实在是一种错觉。真正有自信心的人无论多大牌都是可以交流的,像宝石一样沉默并且高贵。

突围与困守

纸媒越来越惨，一边倒的呼声是"完蛋论"。犹如一个人生病症状花样百出，但未必得的是绝症。老百姓最厉害的是生活有一道底色，一块钱的白菜两块钱的咸鱼，其他的事情说出花来干我屁事？文化人反而是最容易跟风也最容易见风就是雨，然后分析得头头是道把自己说服得一愣一愣的。

不是说纸媒没有断崖式危机，但是任何行业有起有落难道不是正常现象吗？股市有升有跌，胜败乃兵家常事，《大宅门》里的百草厅最不济的时候不也是养着师傅干耗才有了今天的同仁堂。我有一个做实业的朋友，她说国外的百年老店比我们多，自己的行业困顿到行将灭亡，从业人员一脸淡定改行自救，一旦缓过气来还是重操旧业。为什么我们就只能适应春风得意的朝阳工作，行情一掉下来就唉声遍野，让我们这些为纸媒写稿的人情何以堪？谁不知道柯达一夜即亡，当年遍地开花的寻呼机死到无尸骸？都懂都懂，但我们是做内容的好吗？没有《速度与激情》也人在阵地在好吗？有了《速度与激情》中国电影业也不会歇好吗？干吗要唱衰自己？文青白领需要我们，土豪也会空虚和纠结，回归精神世界需要和我们谈谈，怎么就没有天使飞来我们就必死无疑呢？西南联大的教授抗战期间纷纷自救，化学老师跑去肥皂厂，人家还是教授啊，不会改行当了小商贩。

说到个人的经历，前有各式文体的大比拼，意识流先锋魔幻黑色幽默风头刚健，心想现实主义肯定退出历史舞台前景一片茫然。后有单位取消合并风雨飘摇令人心绪不宁找不到方向。的确许多事不降临到自己头上都是风凉话。然而放大到人生的各个关口，也不过是突围和困守的选择，没有对错高下之分，是有多大的担当和付出多大代价的考验。突围可能杀出一条血路，也可能须臾间惨变炮灰，困守有可能成为最后一个铜匠最后一个古琴大师，也有可能奄奄一息。

其实做出任何决定都是悲壮的，事实是飞速发展只是时代的一面，它的另一面有可能毫无变化或者万变不离其宗，就像各种潮流退却现实主义还是主潮，犹如迷你超短裙一路风行终于又回到长裙流行的时代。可见关键的问题是我们手上的活计做得好不好，文章好变换了传播方式还是有人要看，不好的话天天置顶也是飘过。纸媒势减是事实，但也仍是大多数人的生活方式，习惯并不那么容易改变。打不死的小强可不是一人一事，都在诅咒中顽强地生存。就像文学没有了上世纪八十年代的轰动效应也是被预言即刻消亡，多少年过去了文学活得不那么富贵但仍有尊严，仍是许多艺术形式的母体。

所以还是要沉得住气，不要山雨欲来先乱了阵脚，纸媒有纸媒的优势，而笔杆子就是枪杆子，威力不可估量，各自好好操练吧。

因爱成疾

　　很多很多的爱和很多很多的钱从天而降,一直是很多很多人的梦想。后来我们逐渐认识到过分的爱有可能成为负担和枷锁,也认识到钱多身子弱富贵催人老的现实。或者说人生中的平和平安心态,适宜应该更重要。其实我们希冀的最好或者最美的时光无外乎是云淡风轻,也就是有一些爱有一些钱。

　　至深的爱通常我们更重视感受,像文艺作品中的梁祝化蝶,或者牡丹亭中的前世今生,以及西方的人鬼情未了,感受到的也是满满的情为何物可穿越生死。然而在现实生活中是另有一套价值观的,不可以"入戏太深",要有间隔有距离否则就会因爱成疾,令一颗破碎的心受尽折磨而又于事无补,这样的爱可以杀人。大部分的情况,时间的确可以疗伤,但是对有的人却一点作用都没有,时间越长伤心越深,隐痛成为身体不可分割的疾患。有时候是失恋有时候是被背叛有时候是亲人离去,都是无论如何走不出来的。谁不想放下？可是真的放得下吗？那么容易放下那还有充满悲苦的人生吗？

有一个朋友她对亲人的谢世不能释怀，想了很多办法，而她自己也是哲学系毕业的，几乎可以穷尽这个世界上的诸多道理，但是怎么办呢？还是跨不过去，特别是自责，总感觉自己没有尽到心，而有许多具体情况又是无法改变的。她一下子病倒差不多一年，可谓元气大伤。直到今天她也离去了。可见因爱成疾是一件多么严酷的事，没有半点艺术性，就是切肤之痛，就是一道过不去的坎。

只有经历过生离死别的人才知道，鸡汤几乎是没用的，是闲来无事的呻吟，性格即命运一语道破了若能轻易改变那便不是性格，我们包容和消化不了那么多苦难，更无法与外人道，所谓感同身受也只是一贴安慰剂。这种时刻再反观艺术作品所表现出来的情感极致，也是希望能流出我们自己的泪吧，让压抑的情感发泄出来也算功德无量。

而我们的渺小就在于唏嘘别人却无法自处，所以爱的另一种解释是不必感同身受，无论我们眼中有多少不对等不堪或者并不美好的机缘，那也是别人的人生，是别人的冷暖自知，也是别人的快乐，或者痛并快乐着。彩云易散琉璃脆，特别合心境的情境总是惊人的短暂，除了且行且珍重之外，竟然就没有多余的选择了。

是为祭。

剪枝

　　教盆景微栽的老师是个腼腆的男孩子,长相清秀,话也不多还轻柔。但是他的动手能力超强,学员虽然不多,个个嘴灵手笨,全是兴高采烈地开始,做了一半的盆景便成为"车祸现场",集体停摆,只等他一个人搭救。只要他一上手,山、树、草、石,全部变得奇峻而温婉。

　　我向来敬佩有实操功夫的人,他又那么话少,感觉每一个字都金贵,都要记住。课尾时他说,记得每天喷十次水,最重要的是剪枝。

　　为什么剪枝最重要,我也是实操时才发现,小树小草会在精心护理下开始成长,枝芽茂盛透着青绿,偶尔有几根还会一枝独秀,格外超出预期,蹿出一节。而剪枝是剪不到老枝的,老枝根本不长,就是敦厚地缩紧在原位,呈现出浓得发亮的墨绿。

　　然后下手要剪的就是那些稀疏冒进的新枝。非常不忍心啊,想着它们多不容易才崭露头角,独树一帜而且有模有样,完全没有理由就是一剪子,这个世界还有公道可言吗? 总之内心戏不止一点点。

耽误很久,啥也没剪。把老师的话再想一遍,又剪,还是心里过不去,能留的尽量留。

结果肯定是下决心剪了的地方开始变得结实、好看,令盆景更加有型。

因此想到,原来人生的剪枝不仅要剪去自己的缺点和不足,更重要的是剪去自己的成绩。我们当然很看重自己的成绩,是一种肯定和激励,但是如果不能及时清理,令它变成硕果累累的即视感,就会像剪枝一样不忍下手,最终成为自己的累赘,反过来影响到个人的成长和进步。

我们常常看到风云一时的人物,在一段时间之后,突然给人不堪重负的感觉,原来的清新和轻盈消失殆荡然无存,成为油腻、滞重的佐证。不就是因为没有剪去庞杂的所谓成就吗?

人要一生的干净、清爽,不拖泥带水,其实就是剪枝,就是精神上的断舍离。屋里什么都没有,和有一堆东西有什么关系,只是生活方式的选择,完全不必强求。但是精神层面的"本来无一物,何处惹尘埃"反而尤为重要,"不受福德"的境界就更难修炼。

我们看到有些成功人士,把奖杯一类的东西放在仓库不起眼的地方或者封存,觉得不可思议,心想若我得一小金人必定用射灯照耀。其实不是他们不爱那些成绩，他们在说获奖感言时也泪流满面，也曾把这些奖杯放在显眼的位置寻求羡慕的目光，但是终究，他们知道必须轻装上阵，去攀登新的高峰。

所以才会剪去人生无形的羁绊，追求清简和自由的境界。

也才可能保有宝贵的天性和纯真。

第七辑　我们为什么要非常努力

真言:人生的苦难配额

在一个没有共识的年代,如果说人生就是一场苦行,或者一场蒙难记,只不过每个人所经受的程度不同而已,估计反对的人不会太多。我们的生活比蜜甜,这是人民群众对美好生活的愿望,是我们党的奋斗目标。

人生的苦难配额——就是几乎每人必备的项目,是指定动作,不完成就休想进入自选环节。

首推就是"受气"指标。

无论是受领导的气,太太的气,同事、朋友、兄弟姐妹,甚至父母以爱暴力的形式把你气死,反正总会有一至多个我们绕不过去的受气关系,令我们一边冒烟一边生活。

所以但凡工作生活中受了气,就是在完成指标,没有这个人也是那个人,没有这件事也有那件事。希望每天开心成傻子,那是我们的中国梦。

接下来就是"缺位"指标。

你喜欢孩子，但你没有孩子。想当第一，永远有人比你跑得快。

你需要什么就没有什么。

有一天跟朋友闲聊，她说为什么我在工作中总能找到互补的合作伙伴，爱情却不行，或者退至婚姻也不行？

我是觉得爱情和工作还真不一样，爱情不需要互补啊，顺拐的爱情，就是两个人优缺点差不多，可能都是暴脾气或者都是小气鬼，也走到一块了；年龄差至隔辈分了，也行；不同民族，异地，同性，都可以发生美丽的爱情故事。就是那么一点点毒剂，两个人就发生了化学反应。

与爱情擦肩而过的却偏偏都是一些有才华的人，颜值高的人，愿意谦让互补的人。

这充分说明它若是我们的缺位指标，就根本无从解决。

还有就是"被嫌弃"指标。

不要以为自己不是傻子，就不会被人嫌弃。做艺术的人首要的就是要被人赏识，被大众接受。这其实并不容易。

我有一个朋友，说他当年闯荡深圳，就是有满腔热血要把一切献出去的雄心壮志，结果是"奈何明月照沟渠"，经过了数不清

202

的打击,最终黯然离场,那段经历成为他一生的阴影。

这一届的领导喜欢你,下一届的领导看你就是一团屎。这个恋人爱你爱到爆,换一个人当你透明。情人眼里的白是冰清玉洁,黑是栗色的小姐,被嫌弃的时候就是傻白甜、黑煤炭。

谁能担保自己的人生没有这样的至暗时刻。

这一类的指标排列下去可以无穷尽。

年轻的时候会觉得世界不公平,我是何等的出类拔萃却是如此遭际。

直到我们有了经历,有了见识,才慢慢拥有一颗感恩的心,感谢那些我们认识和不认识的人负重前行,令我们避免了"伤残""意外事故""罕见病""走失""火灾""海啸""失独"等等一系列的蒙难指标,令我们还能笑嘻嘻地谈论人间不值。

所以,永远要正确地面对自己,并且找准自己在这个世界上的位置。人靠天分出力,只是没有任何事情值得抱怨。

惜败

　　在成长的过程中,我们常常会格外重视和珍惜自己的进步,如果有幸成功,就更是点点滴滴犹在心头,实在是甘苦自知,而且要再接再厉,沿着康庄大道继续前进。而对于失败的经历,一般都是绝口不提,偶有想起,也希望这一页立刻翻过去。

　　但是我们从中吸取的教训、避免的暗礁,大部分都是从失败中来的,跌得很惨很疼,让我们记住了犯错必须付出的沉重代价,从而开始修正自己的言行,在各种假象和迷雾中寻找正确的抉择。

　　然后还是会出错、失败,反反复复。被生活的铁拳暴击,终于慢慢磨炼出我们性格中坚韧的那一面,而所谓成功,就是能够抵御失败的一种能力。因为变化是常态,困难是永远不会消失绝迹的物种,那么自己的小船没有说翻就翻,可以闯过急流险滩本身就是一种成功。

生活里,我们对于自己喜欢的人,或者自己的爱人或子女,比较常见的一种方式是替他打点好一切,他只要享受圆满的成果就好。一切的试错试败都是我来,我是滚雷英雄,顶天立地的大将军,你们在我的荫护下就好。

　　我知道的一个家长就是这样,老公和孩子都是她服服帖帖的小兵,以至于很小的事情也要问她拿主意,女儿更是茫然地接受各种所谓优质的成果,因为都是事先托专业人士搞掂的,比如一次英语表演,妈妈都是请高人写好稿子,女儿只要背诵就好,但不是自己写的就会吃螺丝、卡壳,将军妈妈就会急躁发火,女儿既无奈又痛苦。

　　为什么我们就不能看着她乱说一气呢?

　　失败也是人的权利啊,是要深深珍惜的宝贵财富。

　　另外的一种惜败,就是要学习在别人的灾难中吸取教训,有的人很聪明,很有能力,却因为各种原因走上歧途。

　　前段时间贪官频出,我们看到他们曾经努力学习和工作,创造出不俗的业绩,一步步走向高位。我们看到曾经名噪一时的企业家,每一分钟都在创造财富创造神话。然而他们没有居高思危,一个跟头便是万丈深渊,这才是真正教科书式的人生的宝贵提醒。是的,他们的豪华生活跟我们没有半毛钱关系,可是他们的失败至少教会了我们自律诚实正直守则是一生都不能丢弃的品德。

　　所以失败要不要珍视呢?

一切都是为了自己

最近的一次饭局,吃得很简单,但是大家都聊得有点嗨。这让我有一点个人体会,近年来,我一直在做阅读推广活动,固然有职责所在的原因,同时得到兄弟部门的信任,郑重委托我做这一类的活动,也必须认真对待。

然而最终,每个人的所作所为还是为了自己。

首先我觉得阅读很有意思,无论读过没读过或读过忘了的经典名著,被重新提起,又被年轻的学者重新解读一遍,别有一种新鲜感,是一次重新学习的机会和过程。

其次,我们常说读书是为了遇到高人。的确,隔着新版的纸张,名著的作者无疑是个高人,而主讲人不是高人也有高见,毕竟是付出了心血做研究,肯定属于精耕细作,有我们常人无法抵达的深层心得。

重要的是，当人过了贪玩的年龄，只有在工作中的相遇才能达到惊艳的效果——因为一场活动，我会邀请素不相识却又神交己久的学者、老师一起，为了共同的目标与话题，来一场纯粹精神世界的交流，得到宝贵的个人心得和启迪。虽然此后我们仍旧相忘于江湖，终是有过一段难忘的思想碰撞。

即使是曾经熟悉的或者是身边的朋友，当他们素人一般地与你交往时，简直朴实无华，看不到半点风采，每天也是各种杂务和吐槽。但是当他们出现在活动现场，站在讲台上，便完全是另一个人，金句频出，观点犀利，思想闪光，令人感叹这个人居然有神奇的另一面。

通常一场活动下来之后的饭局是最为开心和放松的。

时代不同了，无所事事的聚会大伙都有点提不起神来，谁会为了一顿饭大老远地赶场。而南北相望的城市，也只有有意义的活动能让每一次的相遇变得具体而生动。像刘海军老师为了一本书从加拿大赶来，又如李长声老师从日本来到我们活动的书店。我常常是被这样一种美好而感动。

包括我们自己的工作团队，在许多困难和僵局中，我们一起面对，一起努力，一起负责任，同时也一起提高和成长。有甘苦，当然也有无尽的喜悦。

所以我们每做一件事，其实都是一种下意识的盘算，否则就谈不上坚持，成为日常化的状态，在力所能及的领域里搭建平台，从中得到自己想要的。说来说去都是为了自己。

你不愿过的就是你想要的生活

这话并不矛盾。

大部分的时间我都是孤寂一人工作,我经常抱怨这种生活,因为单调、枯燥、虚无,如果时逢身体欠佳还会心生恐惧,总之感觉一无是处。但若是在这样的生活里突然安插一个人走近左右,立刻感到难以适应,开始焦躁不安,无法工作,仿佛挂钟即刻停摆。

我身边的朋友也是这样。

比如一个朋友永远在天上飞,不要提美加、欧洲、澳大利亚,这些都是小意思,她是那种南极北极都去过的人,登机牌像扑克牌一样随便摆成扇形。她让我经常想起无脚的鸟会落地即亡。她也动员朋友们为她想一个能安定下来的确定性的目标,所有的朋友想爆脑袋,提出若干好的建议,有些建议她也拍着大腿说好,但是第二天她又飞往法国,从一个名人咖啡馆发来她优雅端坐其中的图片,十分享受当下的神情——其实这就是她想要的生活。

还有一个单身许久的朋友,在一个狂风暴雨的黄昏,我们坐在一起互暖,她也是感觉自己的生活糟糕透顶,出门一个人,回家人一个,没有所谓任何来自异性的关爱和分享。

我一连说了好几位她相熟的人,其实是有希望在一起生活的,都被她断然拒绝。也就是说她的标准和挑剔并没有丝毫的改变,这说明她对于自己的文青生活满意度并不低。

所以,现实生活本身是有欺骗性的,而我们自己,貌似憎恨的东西大多是我们自己的选择。无论是孤独还是辛苦,我们在其中毕竟尝到过安静和喜悦,然后慢慢成为习惯。就像孟非说的,婚姻也无非是一种默契和习惯。偶尔被困扰被伤感或失落,终究改变不了实际的底色和基调。

包括我们对于别人的话,抑或是大话或者誓言,也要有分辨的能力。嫌弃和厌烦一定是真的,那种夸张的许诺,或者没有你我怎么活之类,或者海枯石烂一生一世什么的,听听就好,不必当真。最近的一个笑话是某地网红终于有机会去北京公干,给男神发了微信,三天没有回应后被直接拉黑。

咱们都别闹这样的笑话。

锅里不放水,干烧

初到健身房的时候,发现每个人都很酷,满脸高冷,练完就走理你都傻。认识人需要过程,几年以后,形形色色的人来来去去,只有几张熟悉的脸还在坚持,这时候人的表情松弛下来,感觉彼此还算靠谱,偶尔就会聊几句。

赵教练春节探完亲,回来讲见闻,说农村还是穷,反而越来越讲排场。外出的人都得开车回家,还不能是长安金杯什么的,总得十几万的车,否则相亲,女方也不出来见你,没面子啊。春节期间应酬多,烟要好烟,酒要好酒,饮料要成箱往饭桌上抬。赵教练买了普通的烟待客,人家不抽,说这都好意思拿出来。然后就是打麻将赌钱,肯定也不可能是卫生麻将。

在一边练器械的福哥说,这在我们那边,就叫锅里不放水,干烧。

到处都有烧包,这是社会现象本不足奇。但是郭美美这种烧一下也就算了,越穷越烧总是让人感觉更心酸。同样是农家子弟,赵教练和福哥都不烧,一个买二手房二手车,一个住豪宅开豪车,但都是量入敷出,心平气和。可见城市文化还是可以改变人的,见的世面越多,越觉得当个烧包挺可笑的。

当然我们城里也有很多精神烧包,话不说大说满等于没说。中央的人全认识,省市领导认识一半,二马更不用说,一定是他们酒桌上的常客。中美贸易战,懂。股票 K 线图,懂。各种内部消息全知道。十项全能。

文艺作品里的烧包现象是什么都想说,什么都想表现,一个容量有限的载体,形而下、形而上、顶层设计无所不包。文学、美术、影视作品能把一件小事表达清楚实属不易。所以我们不要觉得农村人很可笑,我们自己的所作所为也不过是衣冠楚楚的农村烧包青年,以为别人不知道我们没水干烧。

现在对说大话的人有一种天然的警惕,对各行各业的大跃进放卫星总会不适应。因为常规现象是做任何事都是一路坑,只有吹牛不费力气。曾经采访过一位领导,他说他的工作经验是,听汇报,只要是天衣无缝的好,就一定会去现场看,因为不放心。他说曾经听过固若金汤的汇报,结果去了火车站,年关,赶上史无前例的冰灾,铁路公路全都无法运行,成千上万的民工拥堵在火车站动弹不得,稍有不慎就可能发生大面积踩踏恶性事件。他在指挥部工作了一夜。

这件事留给我的印象太深了,因为锅里没水。

212

静功

二十年前，我们不会想到今天会为空气或者水而担心，它们干净是理所当然的事。安静也一样，似乎与生俱来，不可能成为一种需要修炼的功夫。然而如今有静功的人并不多，我们可以去跳广场舞、搓麻将、一场接着一场赶饭局，可以热热闹闹地连续作战，但是静下来，心里反而乱糟糟的没有着落。

作为职业作者，我常常无所事事看着时间如沙漏般滑落，却一直没法开笔大部头的工作，原因就是感觉心里还没有静下来。不静就没法进入状态，而进入是比抽离更困难的一件事。也尝试打坐，还没有能力坚持，那种万物皆休唯一息而存，并不比十八般武艺来得容易。曾经约老师学打太极，不是太极操而是练习静功与气息的太极拳，始终约不到三个人而不能开课。知难而退的朋友都说，没办法，静不下来。反过来说，我们喜欢一个人，会说他舒服、安静。太闹腾的人大家都会退避三舍，我们都是需要安静

213

的。

只能说这个时代太过喧嚣，令我们失去了安静的本能。有关哲学、佛学、人类学我并无精进，谈不出真知灼见，只能世俗到生活层面——静功是必须要修炼的。首先安静能够让人保持清醒，才有可能学习和思考。我们知道不清空没法吸纳，身心皆是如此。若没有办法使自己安静下来又如何清空，这也是有学者或白领隔时要去清修的道理。

其次，静功可以使人瞬间冷静。人难免是感性的，是会有失误的，若能够静心，便可以清楚地看到另一个自己的所作所为，判断自己出了什么问题。最近看到酒驾的人在镜头面前仍是丑态百出；还有的犯罪嫌疑人非常懊恼自己匪夷所思的举动。都是被这个火热的时代裹挟，身不由己地铸成大错。

再则，静功对于健康有益，是对身心的一种抚慰。我们常说的养心养气，无不是从安静开始的。所有的辛苦劳累除去体力活，还是因为静不下来，沉不住气，所以心累。

说得功利一点，如今风行的成功学，那些成为榜样的事主，都是可以在自身行业里潜心而为的，那就是他们有这样的本领，无论外界多么嘈杂，于千万人中也可以静下来思考、决策。静功绝不是一个人躲在大山里，或者藏于密室，隔离、焚香、聆听古筝，那自然也是一种静。只是静功更高深一些，它有办法自动过滤和摒弃不相干的呼唤和杂音，将世界置之度外而深藏于个人空间，不可能人云亦云,随波逐流,这才是他们成功的不二法门。

　　包括我们常说的跟着心的指引,去做选择和决定。没有静功,怎么可能听到心灵深处最真实的想法呢。

越使劲越失去

　　家有钟点工,想尽办法想留住她,还是走了。由于上一个钟点工干了八年,养成了不喜善变的习惯,所以这个钟点工尽管有诸多不如意,还是希望和睦相处,甚至有点看她脸色,终敌不过缘分浅到即时分手。

　　友谊和情感也是一样,越希望花好月圆越容易残枝败叶黯淡收场。有一个朋友终于完婚,我们皆松了一口气。曾经的恋情,没有不认真的。吐血表白,隔空喊爱,使劲的痕迹一清二楚。却与一个登对的人领证完婚了。这件事的美感,好就好在两个人的水到渠成,都不使劲,反而显现出异常完美。可见这世上有许多东西,不是使劲就可以得到和留住的,若是真心喜欢,更要保有距离。距离并不全是长度计量衡,有时近在咫尺空间有限,也请减少无边界的接触和摩擦,对人对己都不必高标准严要求。或许,有些人留下来,不舍的是那份轻松。

有一次跟一位资深演员聊表演，她说演员很怕"够着演"，其实就是怕呈现得不够清晰于是使劲演。犹如我们"够"大衣柜上的东西，必须踮脚拔力。好的表演一定是适度，令观者感觉舒服，这一点就不易做到，总有人把表演理解为咆哮体。回归到生活层面，我们经常可以见到"够不着拼命够"的人，明明在各方面达不到一定的标准，广州话叫不够秤，非要明显表示我是一介成功人士。处于这种状态便会因用力过猛令整个事态变形，结果反而没有那么好。

顺其自然——这句话不是白讲的。其中有道。真正理解通透的人才可以言行举止张弛有度，留不住的绝不强留，加倍珍惜存有的一切。所谓经历就是必经的一切，并非如果我当时那么说了或那么做了，情形或许大不相同呢。这样的追忆没有意义。见到的为爱殉情的人，所幸被救回来，但是爱情都一去不返，被爱的那一个似乎被吓到，提都不愿意提了。所有的使劲为何留下的都不是美好？一个极端的例子是某女子因老公出轨，选择大年三十上吊自尽，目的是让老公每年过年都沉浸在阴影里，跟谁在一起都过不好。这个目的应该是达到了，当然也失去得很彻底。人有时候会做得绝，你不必念我半点好，就同归于尽彼此干净。这样的故事不胜枚举，结果也都是失去。

做人做事需量力而行，既是常识也是真理。如果能力不到，请客也可以是一碟鸡蛋炒饭。没钱远行，就在附近的农庄走一走,同样可以释放心境。和自己差不多的人交朋友,不必去"够"达官贵人,满脸写着端盘子我也愿意。年纪大了,不必浓妆艳抹,那样并不会显得年轻。写出作品不必标榜某导演要拍以示抬高身价,它本身已具备价值。人只有轻松下来,才有美丽。

不能犯的错误

　　人非圣贤,孰能无过? 所以我们平日里提倡的是只要悔改便是好人,尤其是年轻人犯错,上帝都会原谅。然而生活中有些错误是绝对不能犯的,必须始终保持警惕。我们说这是一个大逆转的时代,似乎各种价值观都可以找到立足之地。然而平凡如草芥的我们,有些事情根本承担不起后果。

　　首推就是吸毒。不要碰,真的万劫不复。看到某位知名编剧的道歉信,相信他是诚恳的。问题出在高密度写作引起的神经性呕吐,的确非常难受,许多作家都有大同小异的不适感。写作,不像大家想象的,没成本,一台电脑,然后思绪就像水龙头哗哗直流。作家有写死的这是事实,与各行各业的艰辛是一样的。但是这也不是吸毒的借口,很简单,不写就不会吐。休息半年调整好自己仍是一条好汉。还是看到立马到手的钱舍不得放弃。然而现实大体如此,资源都是有限的,包括个人的体力和才华,用到尽

219

时看到的钱伸手都没有力气了。还是那句话,钱是赚不完的。不要妄想其他的主意,那些办法别人都想过尝试过但都以失败告终,别自作聪明。吸毒则是愚蠢,没看见谁是越吸越勇金枪不倒的。

不能犯的错误还有不孝。这事没法原谅,家人也没有时间等你浪子回头。一个人出生,长大有多么不易多少担忧,自己不做父母是无从体会的。先不要说我们能为父母做什么,就是好生待着不让他们操心便是一种圆满。看到一个北京孩子因为赌博欠债,偷了家里的房产证把房卖了,父母只能在楼前搭个帐篷住。这是什么儿女呀?还有一个孩子也是吸毒,为了要钱打骂父母令他们无法忍受,父母卖掉城里的房子为他戒毒都无济于事,只好搬到乡下投奔亲戚。这个吸毒的人临死前想见父母一面得到他们的原谅,父母死活不见心如枯井。俗话说可怜天下父母心,能把父母伤到铁石心肠的也只有不孝的儿女。这样的错误是绝对不可以犯的,就算有时难以沟通都请把他们当作生病了一样去原谅。

还有一个不能犯的错误就是不要利用别人的善良做自私自利的事。谁都不欠你的,有多少怨恨可以去找你的敌人算账。萍水相逢之人,无论是爱情还是友谊都请善始善终,不要因为别人肯付出肯吃亏就无止境地索取和伤害。缘尽缘去,有一万个办法可以就此别过,哪怕再见仅是路人都不必伤到尽。最极端的例子是杀妻杀夫,因嫉恨杀人的也有。这就不是犯错而是犯罪,是一失足成千古恨。就算不那么极端,也不要对爱过的人露出狰狞的面目。人生是有功德簿的,有的错误碰都不要碰,人生便有厚福,现世好,子孙后代更好。

穷人

　　无论有多少抱怨，大家还是承认现在的生活水平普遍提高了。在这之后便有许多定义改写。比如穷人，如果把目标定到李嘉诚的位置，有可能一直是穷人。反过来若有人只满足于睡到自然醒，吃点烧鸡喝点啤酒保持心理平衡，每天快快乐乐，又未必是穷人。所以说现在的许多概念都是模糊不清的，重在个人把握。

　　一个金领朋友跟我纠结，就是到了退休年龄公司高薪留她，她的身体状况、个人价值体现、心情成本都不是问题，唯一纠结的就是很忙，一直出差（跨国的）。我的回答是跟着心的指引，尊重内心深处的想法。但同时也告诉她，我认为没有时间的人是最穷的人。而我内心的声音是——绝不从职场直奔老人院。当然，对于工作就是爱好的人来说，这也是一条不错的生活之路。但若是从未有散淡过、闲适过的人生，多少有一点遗憾吧。

金领朋友永远都在忙工作,专业之外的书,风行的电影电视都没看过,买了健身卡健身衣却一次都没去过健身房,学画画学唱歌都是心向往之。哪里有超赞的饮品美食朋友们也习惯从不约她,更不要说看画展看表演、春游秋赏。前些天去一个小学同学家做客,令我感觉受到极高的礼遇,不是她准备了什么龙肝凤肾,而是看到了她所花费的功夫,从凉拌菜到烤鸡烤粗粮面包,全部都是纯手工,让人抱歉"吃"了她那么多时间。相比起在饭馆吃围餐那就太奢侈了,再高级的饭馆只有贵,并没有用心良苦这道菜。现代人的观念是,花钱可以,但绝不搭上功夫和时间。

　　因为我们都很忙啊,都有很多的事情要做。鸡汤君说要慢生活,可是没有细则。佛家说,色即是空。我们不懂和做不到的是如何慢、如何空。也许说得简单一点,那就是你有时间吗?你敢把时间"浪费"在看闲书、读诗、品茶、发呆甚至做梦上吗?许多人的安排是以小时计的,无论是为糊口还是为生存,为成功还是为进步,抑或是为了与资本同行跟高手过招,我们都忙得不得了,放慢放空也就说说而已,并没有人当真。

　　所以看到凉拌的鱼腥草和青木瓜,看到烘焙的精致茶点真的会感动,因为时间静止和定格在食物之上,而这些食物同样等到了有时间的人来品尝,何尝不是一种功德圆满,因为它也候我多时了啊。所以看到手牵手的恋人在街上闲逛,总有一些遥想和羡慕,因为他们终会各自奔赴人生的战场,终会有一天体味到此时此刻的宝贵。这么说吧，在时间面前，我们都是穷人，所以，请把握好自己的时间表。

起头最难

　　身边的朋友,大多是被动型人格,好处是交代的事情完成度高,特点是经年累月不冒半个泡。平日里大家各忙各的这都没什么,但是遇到需要合力的事,需要思考后有交代的事,仍要别人一追二追,不问就推不动的行为,真不是什么好习惯。

　　凡事起头最难,每个人都希望你需要我去做什么我去做就是了。可是前期有许多取舍和理顺的工作,需要上下沟通达成共识,这类琐碎的问题无法绕道而行,都得一件一件落实才能令项目启动。许多人看上去很忙,但是完全做不成事。一是忙不到点子上,忙得毫无头绪那叫瞎忙。二是常见的那种情况就是不愿起头,凭什么都是我去招呼别人,都是我去主动对接? 有什么事我也等着别人开口,我具体去做就好。

　　求人如吞三尺剑。即使为公事,别人也会以为我在其中必定捞到好处,否则干吗这么起劲?这是许多人的内心独白。只有云淡风轻、万事不沾才是最佳的公众形象,几乎成为共识。

不止一个朋友表示,你们去组局,我只管埋单。然而现在谁还在乎一顿饭呢?就是召集人的过程费劲,每个人的时间空当都不同,不打若干电话根本落实不了,就是组一个饭圈,各种情况都是五花八门,协调很久的结果就是算了,不吃了,下次再说。

有一次做学术活动,临时出现状况,五个嘉宾有三个因各种原因来不了,主办方也毛了,问我是否换时间,我坚持换人但绝不换时间,因为这样对那两位推掉其他工作前来赴会的嘉宾不公平,改时间等于无形中惩罚了守时的人,而且换将也没有想象中那么困难——其实每个人都是可替代的。

起头的麻烦还在于调门不好把握:起高了,大家跟着声嘶力竭;起低了,根本唱不出来。这就特别考验人的协调能力,能够及时修正自己行为的角度和间距,找到彼此的共同点,才有可能推进事态的发展。

有一次开会,一位德高望重的老同志谈一个两千五百万美金的大项目的重要意义,然而我们那个小单位怎么可能运作这么大的盘子。那些低到尘埃里的小事拿出来疯狂讨论的例子就更多了。

起头最难的部分是利益的划分。其实有许多人都是守正、公平，甚至大方的。但是有一个坎迈不过去，就是不愿意先付出。总的思路是再看看再看看看，所以先付出的那个人特别容易赢。犹如鸡下蛋，谁都想先得两个存留，然后再你一个我一个长长久久。但若谁都不想先付出，很有可能整件事都会停顿下来，哪还有什么金蛋蛋冒出来。

　　当然先付出的人肯定要承担风险，但也无非就是两个蛋的风险，尽管也需要勇气。

　　所以在我眼里的所谓成功，哪有那么难，无非就是敢于起头，耐得住烦。说好的事必须主动回应，主动交代，行不行都有个回话。脑子记不住就记在本子上，我答应的事情都记在台历上，一目了然。

　　我有一个朋友还蛮有才华的，他的问题就是所有的事情都没有然后，没有交代，只要不再问就石沉大海。很多人犯这个毛病，其实挺致命的。

　　这才是我们离成功最远的距离。

内伤

最近和年轻时在部队一起长大的战友见面,说起当年的往事,不止在一个人的笑谈中,我还原了一下那时候"我"的客观形象:基本就是一个落后的人,如果大好青年们要求进步,总有基层领导告诫她们,不要跟我这个落后分子来往。

我也回顾了一下我显得落后的具体表现,主要是小资情调,还有不务正业。总之这些问题都跟当年的大时代格格不入。

然而,随着时间的流逝,这一切也都像风一般扫过,了无痕迹。

当年的我少不更事,基层领导也觉得我太不规范,而部队又是一个需要整齐划一的地方,如果大家都玩个性也的确没法管理。

但是不得不承认,当时的处境,尤其我的朋友被组织要求离我远一点，还是令我的自尊心受到极大的伤害，成为内伤。哪怕时至今日想来也会隐隐作痛，甚至造成我性格的缺陷。比如我很难与人建立亲密关系，对人性抱有深刻的怀疑，我也不喜欢参加集体活动，不喜欢忆旧，人多的地方难以自洽，等等。

我写文章也绝不是要讨伐那个时代和那个时代里的人，因为没有意义。任何一个时代都有它特殊的环境，有"不得不"的理由。

我想说的是今天，我们也仍要警觉——无意中的伤害。

同样是不止一个朋友跟我提到，对自己孩子的择偶标准，就是不要找单亲家庭的子女。

我听了感觉无比地扎耳朵。

选择自己的另一半，有爱，有钱，有事业，有担当，有趣等等，似乎还都在能够努力的范畴之内，但是出身单亲家庭终究不是可以自选的项目，这样家庭的孩子变得无论努力与否，已是另类。

我们在生活中，常常会力挺"剩女剩男"或者"独立的男女"，也承认独自生活和家庭生活是相同的生活方式，并无高下之分。但是为何遇到实际问题，我们还是觉得有一部分人是不正常的？尽管是无心之言，其实对人伤害至深。

是的，单亲家庭子女身上多少会带有一些原生态家庭的痕迹。我有一个要好的朋友，她说自离婚后，儿子交的所有朋友无不来自单亲家庭。也有的单亲妈妈会因为长年的习惯,过深地介入儿女的成人生活等等。

但是所有的这一切都不是把一个孩子打入另册的理由,诚如有些表面和谐内在已经完全蛀空的所谓完整家庭,未必对孩子就没有坏的影响。

我们要做的不是分门别类,而是无论何时何地都能严格要求自己,为孩子们做出应有的榜样。

人年轻的时候,内心脆弱,而我们对于内心的爱护总嫌不够。包括对我们自己也都是以不要玻璃心自勉。但是对于内心的伤害为什么经年不改,总是在随意间说了一句话,却影响了别人一生?

一张没有受过欺侮的脸就是一张没有内伤的脸,我们的幸福靠自己去争取,无论来自什么样的家庭,都可以靠着自己的奋斗和努力去争取。许多韩剧主人公都是在孤儿院长大的孩子(几乎成为韩剧的套路),这样的人设本身就是一种态度:哪怕是没有家庭和父母,你仍旧可以变得积极和优秀。

人生有各种困难和不幸,其中便有无意中的伤害,想来最让人痛心。

爱的昏庸

逻辑思维有时是女人的弱项,比如和男人争论一件事,最终的结论都是你不爱我了。或者,某某人那么有才华,那么努力,为什么得不到爱。这样的推理其实和在饭馆为了抢单丢了性命的事情一样匪夷所思。

爱这个东西,我们总是喜欢看伊洁净纯美的一面,感觉伊是大红花,应该奖励给德艺双馨的人,好人没有得到爱,这不合理啊。

我年轻的时候看过一本《傻大姐信箱》,算是比较早的鸡汤,犹记得傻大姐说人的优点和所得到的爱不成正比。她说她的邻居是个胖女人,每天睡到日上三竿,也不见得多上进,口红经常沾到牙齿上,穿衣服七荤八素不懂搭配。但是她的老公一表人才还

231

爱她爱得要命,就是现在说的十分宠溺那种。

同样是我年轻的时候,我们部队有个团级干部,长得高大威猛,工作能力也很强,因为我们就是团级单位,所以他算是当年的霸道总裁。

有一天晚上在操场放电影,过了放映时间他没来,电影队的同志以为他不来了,就开始放映。这里提一句,当年放一场露天电影是盛事,因为娱乐活动太少,算是一个大型社交场所,可以同时见到好多人,也可以多搽一点雪花膏把自己搞得香喷喷的,吸引艳羡的目光。

电影刚放了个开头就停下来了,因为这时那个领导突然出现了。他其实什么都没说,电影队的同志立马亮灯,让大家看到那个魁梧的身影,然后等他在 C 位坐好,重新开始放电影。其实这也是一种权力腐败对不对,但是大家都觉得没什么,因为人家颜值权力集于一身,似乎这是他应有的特权。

就是这样一个很有吸引力的男人,他的太太就跟我在一个部门工作,有时来上班她戴着墨镜仍可见眼眶都是青的——没错,就是家暴。

这已经不是秘密。问题是她的反应,她只是沉默,并没有提出离婚。

我当时就有一个模糊的想法,就是爱有相当昏庸的一面。

就是伊的无机性、无理性，几乎没有人为驾驭的可能性。

然后，多少年过去了，女人对于爱的认知也没有多少进步。见到那个"杀猪盘"的骗局，几乎是给大龄女性度身定制：不知从哪里冒出个托儿，戴着成功人士的面具，然后一通演，十有八九女人会配合演出不断加戏，不仅自己倾其所有被骗去了全部身家，还到外面去借贷，直到那个托儿消失以后还是百思不得其解，结局大多悲凉。

想一想平时我们那么精明能干，为什么被人一骗一个准，立刻掉坑里去了？还不是因为整个事件披着爱情的外衣，我们一下就不淡定了。

还有就是我们对自己的评价过高。如果好多人看你，也可能是纸巾渣沾到鼻子上去了。男人夸你是才女，无非颜值欠奉。如果真觉得自己美若天仙才高八斗，那也是我们想多了。

认识到爱的另一面，会令我们变得冷静。有人很美，有人很丑，有人有缺陷，都有可能没人爱。这都正常。

比如有人用诗歌改变了自己的命运，我们敬佩她。她有些夸张的举动，我觉得是在用一己之力对抗这个强大的男权社会：我贫穷，不漂亮，有残疾，但是我不在乎。可是在硬撩汉这种事情上，她跟我们一样，平静接受命运的不公平也是一种选择，不见得必须有特权，隔空喊爱也未必效果就好。

我们努力，是因为我们不得不努力，如果我们不想被挑选、被

233

轻视、被欺负，无论有没有人爱，都要对得起自己独一无二的人生。

　　我们努力，不见得会变得多好，但是不努力，就会被自己不幸的命运埋葬。所以努力是通勤款，而爱情是奢侈品，两者之间并无因果关系。

向下不兼容

所谓向下不兼容,是指见过好的,便没法忍受烂的。比如你穿过正品的耐克、阿迪,就没法忍受地摊上变形的假货。你与守时、负责、靠谱的人打过交道,便没法忍受干啥都不成的嘴炮。

但也有人不赞同这个论调,认为这是升级版的矫情。难道你吃过满汉全席就没法忍受牛肉面了吗? 你去了一次迪拜住帆船酒店,在只有便捷式酒店的地方就没法安身了吗?

公主公子落难的故事为什么总是打动人心?

可见在物质领域里的境界还是——担得起富贵受得起穷。

精神层面上的向下不兼容现象,现在也比较常见,被称为精神洁癖。的确有这样一类人,他们见过大钱、大世面,有过高光时刻或者巅峰体验。所以根本就对农家乐聚餐、广场舞、穷游、纱巾照之类的事没有兴趣,只接受固定的好友,就那么三两个人在一起厮混,感觉也很富足。但是更多这一类的人并没有那么幸运,因为千金易得知音难觅，绝大部分的情况是人与人之间的关系一近，摩擦和矛盾就会即时呈现，令人从心底大失所望。

而且功能性的朋友和精神上的知己很难合二为一。

于是只好变成一个人的城池。

但其实人都是害怕孤独的。鸡汤君总是教导我们要享受孤独，其实有什么好享受的，人当然要学会孤独和自处，这也是生活的本领之一。如果只适应集团作战，没法自己待着，自我也会消失殆尽，活成一个影子。

孤独感又不同，它对人是一种折磨，给人带来的虚无和忧郁几乎没法克服。如果只是片刻式出现还好，持续性地成为常态就会让人情绪低落、意志消沉甚至厌世。所以才有大隐隐于市的说法。梭罗当年的瓦尔登之旅也只是一个试验品，并在物质的匮乏和无边的寂寞中匆匆结束。

总之人们无论读书还是搓麻将、做义工还是聚众吃小龙虾，感觉都是在齐心合力打败深度孤独或者无聊。

其实向下不兼容不是不成立，而是有条件的。

如果我们希望往来无白丁，那么自己就必须非常努力，虽然做不到满腹经纶学富五车，至少在某一领域有自己独到的见解，然后再去想与高手华山论剑时的叱咤风云。如果我们希望享受名牌的品质，在美食美女之间自由切换，永远只谈艺术，那就要踏踏实实地去挣钱，才能有千金散尽还复来的豪气，否则就是一枕黄粱。

通常我们的问题是,只具备精神上的高冷,眼里没人,向下绝不兼容。但在现实生活中,我们自己不做任何调整和改变,也完全没有意识到自己就在下位,是别人不愿兼容的一分子。

所以任何时候都要努力,才可能匹配自我的评判体系。

我们为什么要非常努力

——给小白的一封回信

张老师好：

　　我今年三十四岁，家境不错，长相中上。大学毕业之后，无论是找工作、结婚生子都比较顺利。可能我是一个没有野心的人，感觉疯狂奋斗真的有那个必要吗？我有一个闺蜜研究生毕业就嫁人，不工作当少奶，生活相当安逸。

　　所以有些纠结，到底是选择励志还是平庸？

　　希望张老师解疑。

你的读者：郭小白

小白：你好。

　　我对于工作和学习非常努力的人会赞不绝口。

　　于是身边的朋友中就会冒出这样的声音："他辞职了"，"她离婚了"，"他有生存的压力"。言下之意他们都是"不得不"，还有一点隐约的优越感——我们就是不需要那么拼命啊。

现在鸡汤界一片慢声音,诸事慢半拍、等一等灵魂之类的金句满满。我个人的理解是,在我们的精神层面,一定不要太着急,很多的钱,很多的爱,很多的奖项,很多的鲜花和掌声从天而降,那是自己想多了。不要每天做这种春秋大梦。即使有这种好事,也不会降临在我们头上。

我们最害怕的隐形对手是谁?就是有很棒的爹还在拼实力的人,我们以为他们应该是李天一郭美美实力坑爹,结果他们是力争上游的好青年。

还有那些拼出一片天地的事业有成之人,他们应该躺在自己的功劳簿上睡大觉,就像过气的明星那样乏善可陈,结果他们斗志昂扬,百折不挠,从一个胜利走向另一个胜利。

好吧,说回我们普通人,努力这个姿态第一重要。

像我的各路女朋友,其中之一从一个普通女孩闯关打怪直到成为名校的教授,英语很牛,又给自己开辟了日语第二战场。

之二从小编辑开始努力,现在也是名校博导。

之三也由原来的专栏作家开疆扩土成为娱乐时尚领域的霸主。

她们靠的绝对不是才华和运气,这些元素当然也很重要,但是更重要的是努力和坚持努力的习惯,对自己永远有标准有要求。

人在年轻的时候，肯定是欲望缠身，贪图享乐，如果可以轻松一点，还是吃小龙虾看抖音更开心，聊聊八卦谈谈恋爱更惬意，大好年华不容错过。

或者与世无争，在自己的小天地里求现世安乐。

但一定会有另一些人，他们泡在图书馆里，或者兼差七份永无休止地奔忙学习，精进各种技艺，他们在一件事上下苦功夫笨功夫跟自己较劲，他们看似不计回报其实是为了盛大的收获。

如果要像蔡澜老先生那样，一把年纪还有人仰慕他的学问拜他为师，还可以保有自己宝贵的高冷；像止庵老师那样读了一辈子的书，在他决定放弃写作的时候便开始有人排着队让他开讲座出书；像李长声老师那样拥有三个借书证读书不止，如今便有喝不完的小酒吃不完的生鱼片，那么只有一个结论就是，现在要努力，在能混日子的年纪好好努力。

说到底，人生的低谷是暮年，一眨眼，四十岁以后，再鲜衣怒马的生活都告一段落了。很快，四十五岁了，人生已经基本定型，能做什么能成为哪一行里有发言权的人也都尘埃落定。

这时候别人开始选择你，人都是很势利的，都想当摘桃子的人。这时你的努力已经熬水成珠，你已经成了人见人爱的大桃子。

也许有人会说我不稀罕，我就"悠然见南山"，对对，但其实陶老师也是非常努力的好吗，否则后世也不会有那么多人吃研究他的饭。而且不止一个朋友跟我说过，幸亏小时候我妈逼我学钢琴，现在我可以教小朋友弹琴换钱；幸亏我当年工作之余爱做菜，现在退了休开了私房菜馆。

到了一定的年龄却又没有任何人需要你，无论如何很难快乐吧？

有一位著名作家说过："世界如其所是。那些无足轻重的人，那些听任自己变得无足轻重的人，在这个世界上没有位置。"

这就是残酷的现实，若到了某一刻，就没有选择，孤寂空冷。

所以，无论我们自己处在人生的哪个年龄段，都可以重新开始，学习新东西，非常努力地去克服各种困难和虚无感。当你只管努力不问收获的时候，你便成为鸡汤君本君——不再介意任何人的评价，对家长里短没有兴趣，人生开挂，运气正在来的路上。

祝你一切都好。

张欣

癌性格

前两日去一家园林式餐馆吃饭，一切都很好，又是包房又是朋友相聚。可惜包房服务员从头到尾黑着脸，不是面瘫哦，是双眉紧锁法令纹深陷那种。

一开始我们边等人边烫碗，这在广东几乎是常规动作，希望她拿一个烫碗盅装废水，她说不可以。我们愣住了，她说我们的碗全部消毒过。可是放了一夜啊，总可以烫一下吧。我们力争，没用，所以就不烫了。

这也不算什么吧，比较夸张的是中间吃蝴蝶骨，实在太大，我们说拿个餐刀来切一下分着吃。她说就这么大，是特色。再一次要求，还是这句回复，到底也没吃成。

朋友们也都有涵养，不争。

不过我回来以后还是超级不爽，因为没有记住园林的漂亮、菜肴的美味，只记得服务员的黑脸和不肯服务，真是花钱看脸色啊。

总之,凡事只想着自己,没有半点通融,而且公然违背服务常识。现在大家也都明白,跟服务生吵架会在你的菜里加料,知道你不敢,横竖怼死你。

这就是癌性格。

在其他食客面前难保不栽。

和同事、家人、朋友这样相处,怎么可能和谐?

食客中也有癌性格。

当年那个惊天动地的火锅案——食客跟服务员发生争执,后来服务生也道歉检讨了,食客不依不饶,必须服务生离职下岗砸掉饭碗,服务生就把滚烫的火锅汤泼了女食客一身一脸。

两个当事人都付出了惨痛的人生代价。

得饶人处且饶人,有台阶的时候各让一步,非要以死相逼也是找死。

人分悲观乐观,但是过于偏执就没有那么好。

他们都是看不起我的,都是针对我的,我做得再好也不被承认,这种被迫害妄想症,常常会在我们身上出现,随时准备暴跳如雷。

我有一个朋友就质疑我,你为什么总是气急败坏。

还有就是疑心重的人,自己家的老公老婆别人肯定超级喜欢,只要跟异性说话就是图谋不轨,就是搞事,然后自己变成福尔

243

摩斯。对我好的人都是想占我便宜或者跟我借钱。

这都是容易长癌的性格。

在我认识的人中，有人十年二十年还是被同一个问题绊住，永远不知悔改，电话讲开头便可以开免提然后该干什么就干什么，因为该说的已经说了无数遍。

而且要警惕那种心里完全知道怎么做却拿你当垃圾桶的人。

还有一种人不听劝，又要问，你说若干办法，伊全部堵死，全是各种理由不行。目的就是让劝的人成为对方辩友全身而退。

要想自己不长癌，又不让人唯恐避之不及，就从自己做起。

改掉顽疾并不比创造价值更容易。

有癌性格的人估计也难以成功，能创造什么价值，失败的例子比比皆是。

欢迎自查。

负气

有人从不养生,说,我才不要活那么久。

法师告诫只有难走的路才会慢慢好走。本身意味深长。总有人说年轻时走了好走的路,享受过好吃懒做纸醉金迷也值了,管它以后呢。

胖就胖呗,人家不爱你再瘦也没用。

这些便是负气的话,可以增加痛快感,治疗短暂的郁闷和无可奈何,满足一时的嘴上风光。

然后呢?终究,人生不是赌气或负气。

生活是要一天一天完成功课的。生离死别也不是说走就走按照个人意志行事。有可能病痛缠身还要麻烦别人。年轻吃喝玩乐时一口气用完好运气,对学习和工作马马虎虎的人,有了岁数之后的路依旧很长,首当其冲地被减员被忽略,任谁都是不好受的。

李安说,唯一扛得住时间摧残的就是才华。这话在微信上刷过屏,无非说到成年人内心的痛处——没有不可取代的能力一定会被无情淘汰。而能力恰恰是年轻时一路行来的积累,梦想和大话都是没用的,要俯下身去做,姿态放得更低更卖力,才可能一个台阶一个台阶向上走。

胖子就别说了,管理人生从管理自己的体重、健康、脾气、耐力开始,至少自己跟自己有所交代,至少不得病。

这一切都不是负气可以打包解决的。

有些话是鸡汤式负气。如,再昂贵的美食也是一日三餐,再豪华的别墅也只睡一张床。又如,腰缠万贯的富豪在海滩晒太阳跟渔民有什么不同?这样的话也只有二马说感觉尚好,我等就别挂在嘴上了,不过是个自我安慰,是个高级黑。一个是任意生活,一个是为了生存奋斗,无论怎么吃怎么睡心情都大不相同吧。那种麻醉剂偶尔自我麻醉一下无妨,但当不得真,还是该干吗干吗。有许多人一提钱就态度轻慢,或者做轻慢状。如果你有一个毫无铜臭气的伟大灵魂,也请不要忘记钱还可以帮助别人。

好的情感模式,在我看来就是彼此错开负气。一个人口无遮拦,或被现实逼疯了,或情绪失控,另一个人总能默不作声地扛过去。隔一段时间,换另一个人说一些没头没脑、撒泼解恨的话。怕只怕两个人同时负气,这样分手的情侣,最终后悔的也不在少数。

就为了一句话、一口气，转身便是天涯陌路，永不相见。

没有什么好坏对错，就是那一刻过不去了。所以啊，在心里最感激的，并不是那些光鲜靓丽的才子佳人，而是始终没有因为负气而走掉的亲人或朋友。人生因为有负气，才有包容。

无论怎么声嘶力竭，四周总是寂寂无声

凡事熬住不发言，挺不容易的。

私下里，每个人都有君临天下的错觉，自己的真知灼见必将成为一声炸雷。

其实未必。

或者，发了言，也要耐住无人理会。

这都正常。

有句话说，历史最充分的证明就是人类从未吸取过历史的教训。

所以我们在给年轻人教诲的时候，是否应该想一想，目前的状况如果是伊必须经历的，或者不需要过于痛心疾首。

人生的许多认知都需要自己的经历来印证。

哦，我现在才理解那句话是对的。

哦,当时他的眼神原来是这个意思啊。

每个人都有许多这样的时刻。

自己行业内部的狂欢事件,会瞬间刷屏。一时间感觉震动中外。但是其实放到朋友圈之外,根本无人关注,是非常小的一件事。

我们觉得自己重要,自己的事业更重要这都正常。

可是关别人什么事?

我们呕心沥血挖地三尺写出自己的家族故事,里面有世世代代的人生感悟。

跟别人有什么关系,别人为什么要知道?

名要人物如此,凡人更是如此。

微尘一样的存在,就是要习惯寂寂无声。

世界之大,众声喧嚣,不说也是一种觉悟。如果可以,尽量多做,做才是修行。

作如是观则是一种本领。

二次免疫

第一次是从部队的基层医院调到军区政治部文工团当创作员。当时我在基层医院虽然算不得什么人物，但也是个小小的笔杆子，有一次在《解放军文艺》上发了篇小说，收到三十元稿费，毕竟是小概率事件吧，外加上一点小资情调，在军装里面穿个花衬衣什么的。总之还算有点薄名。

结果到了文工团，满眼都是俊男靓女，自己秒变土豆，再难张致。

然而混在佳人儿里，是容易审美疲劳的。就像七仙女做了董永的老婆开始织布浇菜园子，至少就不能用惊艳来形容了。

在那些朝夕相处的日子里，大家要一起干活一起工作，也就一起成为普通人。举例说明，比如装台，就是在正式演出前把一切布景、道具、侧幕条、音响线路等等事宜全部安置妥当。这可是个力气活，无论你是大美女还是小帅哥，无论你是一号男主女主

250

还是路人甲匪兵乙,全部要去装台。

然后去装台的景象就跟村里出工、农民工去建筑工地一模一样,每个人都是短打,衣衫不整,灰头土脸,脖子上一条看不出颜色的擦汗毛巾。也就是说没有了化妆、灯光和各种摆拍修图之类,基本没有明星可言。就像巩俐演农妇去体验生活,谁也没有把她认出来。

我从此就对俊男美女免疫,觉得他们分手离婚都好正常,和大众没区别。

第二次是去读北京大学作家班。

当时已经发表过许多作品,得过新人新作奖什么的,感觉自己还算有才华。

还是举例子,由于一开始住在本科生的宿舍楼,晚上有灯火管制,我们就聚众去教务部门交涉处理意见。其中一个同学来校前已经是当地作协的主席,她说了一句"我们都是非常有成就的人"。我记得那个管事的开始一直不说话,但态度平和,一听这个就不干了,从毛泽东、鲁迅一个一个往下数,历数这些人跟北京大学的渊源,全是如雷贯耳的名字。顿时令我们张口结舌。

后来我们换到研究生楼,问题算是得以解决。然后发现这里人才济济,就这一楼一楼的研究生博士生,令我又一次秒变土豆。

知识是可以更新的,在校老师的渊博和风范令人深深折服,也成为我们终生学习的榜样。以至于有了二次免疫，永远记住天外有天，不要自以为是成为小地方的名人，那种沾沾自喜的毛病是需要终生去克服的。

大学为什么那么吸引人，为什么即使在美国也有人重金为子女造假铺路去名校？也是从侧面告诉我们，它或许会令人远离一些世俗的毛病，建立较为高远的价值观。

当然多读书也可以，无论如何要遇到高人，从而修正自己的言行。

人在精神上建立了免疫系统，就不容易被大众意识裹挟着随波逐流，无论外界多么喧嚣，也知道自己要什么，并且脚踏实地地做事做人。

每个人的预设不同

一首歌曲的发布,里面暗藏商机,卖奶茶什么的都属正常,但是让伊承担表达复杂人性的重任就有点勉为其难。

比如《说好不哭》。

这首歌最惹人争议的是爱情观。

因为伊不符合目前的流行口味,那就是女人应该投资自己,自强不息,否则很有可能人财两空。

周杰伦无疑是直男,估计再过多少年写歌还是这种预设,那就是女孩子在自己不出名的时候支持自己,深爱自己。

这里有一条,不要纠结他成名后具体找了谁,跟谁成了家。现实生活和表现出来的文艺爱情观是两件事。我们都会有知行分裂的时候,而名人的言行会被看到、被放大。

直男的文艺爱情观排序依次是,第一喜欢落难公主。一般都

253

是天生丽质，不食人间烟火不庸俗，也不知道自己很美丽，各种天真。然后碰上文艺男。

第二种就是年轻貌美的女文青。就像歌里的那一位，唱的是你什么都没有还为我的梦想加油。其实是青春爱情物质全部奉上，还自卑地躲在角落不事张扬，默默等待着男友发迹或者归来。

最后一种是电影《老炮儿》里的许晴，又美又酷风情万种，完全视金钱如粪土，肯付出不要半点回报。

说起来跟女生的霸道总裁爱上我、偶像只爱我一人也没区别啊，不必互相鄙视。

现实生活中的情况是每个人的预设不同，有的人会更看重物质条件，想婚后的日子过得轻松一些，无可厚非。而有的人则会选择提前付出，我就赌他是个有情有义之人，谁都怕爱情中的目的性太强，也在情理之中。当然比较保险的做法是投资自己，因为会有更多挑选别人的机会。

预设有点像押宝，自己遇到了什么人都会有一番评估，有一个抉择。

而爱情的奇妙之处恰恰在于伊的不确定性，不可靠性。

也许奋不顾身的是一场灾难，也许因为着重投资自己却放弃了一个终生难忘的人，都不好说。

说到底，爱是一种能力，也有天资和学习的成分。

我们见过太多优秀的人不会爱、不懂爱，看过许多的良缘终成分手。

真正的爱根本没有章法，只有本能。

难在同时同步，跟投资谁没有关系。

首先是起心动念，已经难能可贵。有人一辈子也没有碰到自己心仪的人，空有柔肠百转。而有的人以为放弃一棵树便拥有整个森林，却命中注定只有那棵树。所以只能把心交给自己，无论祸福，无论缘劫。

恨空

围棋,不会下。但是恨空的意思却是明白无误的——但凡遇到对方有空隙便想去破,结果负担也就越背越重。下棋,讲究的是布局,恨空反而会乱了自己的方阵。

我们今天的生活也一样,从物质匮乏到欲望泛滥,似乎并没有什么过渡。表现出来的症状是人人恨空,只要见到别人闹出了一点动静,便立刻跟进生怕走宝,要红一起红,要抖一起抖。名人的一则新闻招来的是万炮齐鸣。所以每个人都忙得不可开交。

问题是新鲜事太多,刚有一个概念冒出来,大伙就一拥而上,完全不考虑自己是否真的需要,或者,自己真的有能力控制局面乃至接受后果吗?炒股炒楼炒黄金就不说了,敢于以一张白纸的资历涉足艺术品和古董的收藏,以为只要胆肥没有什么拿不下的。

说到紫檀说到玉,身边的每一个人几乎都是行家,手上还有放大镜聚焦灯等道具把玩。说到美容,是个人就是刚从韩国回来,超声波拉皮、玻尿酸、美白针、热吉玛,满嘴新名词。说到电子产品,绝对一疯到底。说到健身养生那更是五花八门的保健品令人目不暇接。就是去个超市,试吃的东西也足可以让人圆着肚皮走出来。

想一想我们的人生哪还有一点缝隙?

而所谓优质的人生,恰恰是需要适度的空,以便养精蓄锐去做好做成一件事,从中感受喜乐。因为不做是为了做,不去恨空扑空是因为守护自我另有盘算。简约是为了表达繁盛,为了腾出想象和体会的空间。有人只做寿司,有人只铸铁锅,最终都成了大师。

年纪大一些的人用过油票肉票布票,深知贫穷的滋味,但是物质欲念的过盛何尝不是一场灾难。

你买了一件商品,一万个类似的商品正在上架。你去哪里玩了一圈,无数的旅游胜地在向你招手。

至于美食美饮,到处是星罗棋布的饭馆酒吧。而我们缺的却是一个念想、一个期盼或者一个空空的胃。如果坚持不乱吃,不接受那些赠与,才可能把一顿饭吃得尽善尽美。

同样,一直拒绝那些跟我们并不相干的东西,才有可能真正得到。

恨空容易,但是留白很难。

或许都知道那样更美,可是我们被时代大潮裹挟,情不自禁地要看看别人在做什么,而别人的总是好的,五颜六色丰富多彩的,吸引着我们的注意力,令我们没法相信自己的判断。

　　但其实,绝不在空荡荡的房间里多加一把椅子,出门前从身上再拿掉一件饰品,在名士云集的地方保持沉默和微笑。

　　相信我,人生会变得更美好。

有效建立起来的无效社交

小孩子才八岁,他妈妈说我们所以选择上贵族学校,是要从小建立起良好优质的社会关系。我朋友的女儿在美国读书,也是不选有奖学金的大学要另攀高枝,出于同一个论点,尽管自己的实力有些吃紧也在所不惜。

可见这种观点还蛮有市场的。

当然,同学提携的佳话颇多。像俞敏洪随手抓俩同学,就变成《中国合伙人》的电影蓝本。

估计也会有人回家默默打开同学联络手册做一番功课。

然而,凡事都有反面的例子。

我有一个朋友的儿子,当年是绝对的学霸。后来朋友外派到香港,儿子也跟了过去。我当时就觉得他儿子简直前途似锦,一派光明。

我这个朋友的习惯就是总鼓动儿子多去半山找富人家的同

学玩。结果慢慢被人嫌弃和讨厌,后来反而一事无成。

坦白说,我对这种观点颇不以为然。

原因只有一个,我只相信个人的努力而非谋划。

索达吉堪布说:"你活得心机重重,却失了江天辽阔。"我们每个人的人生固然有远大的抱负和理想,但也同样有相当大的随机性。

有人想当飞行员后来却做了医生,有人当初学医多年结果成了作家(你心里马上跳出鲁迅这个名字对不对?)。因为所谓命运是一只无形的大手,保不齐把你推向何方,这也是人生的一部分。

千千万万想当明星的年轻人,后来还是在平凡的岗位上坚守,就是知道在北影厂门口再蹲十年也不会成为王宝强。

那么努力的意义何在?

我们的努力当然是为了成功(标准不同可自设自查,此处不赘述),那么成功的结果除了过上好日子,还有就是拥有了至高无上的"选择权",可以选择不看谁的脸色,不入谁的饭圈。可以选择你认可的合伙人,当然也是更成功人士的备选。说到这里自立自强可能更重要,因为别人选择你不是因为你是从小就认识的同学,而是你的能力。

也许有人会说我有能力啊,但过去的同学都是放牛娃。嗯嗯,那也请相信若你果然有能力,一定会碰到其他的机会,就像爱情,从来都不受地域、年龄、人种、阶层等等理由的限制。

260

并且,我一向以为自然的东西总是好的。

好就好在它自然天成,无论我们处于一个怎样的环境或年龄段,总会碰上志同道合的朋友,暗通款曲,用眼神交流,啊,原来你也是这样的人。我们可以一起做事,也可以相忘于江湖。怎么样都好。

但有些精心谋划得来的关系,好的还罢,稍有不顺便会生出百般的怨气,因为自己付出了心血但结果不如人意。然而许多事情就是这样,就是不以人的意志为转移。

现在大家都在唾弃无效社交,说白了就是对毫无养分的圈子的厌倦,花了许多精力和时间结果一无所获,还不如自己在家看书学习更充实。

那么无效社交是怎么来的,说不定有相当大的成分恰恰是我们从小到大的同学、朋友,虽然没有养分但也拉不下脸来离开。如果还是自己八岁时父母就精心策划和维护得来的所谓社会黄金网,你果然舍得离开吗?

这样的圈子永远在说谁发了财谁更出人头地,可是跟你有什么关系?

等着他们找你当合伙人吗? 别想那么多,洗洗睡吧。

所以有些貌似正确的话,要用脑子想一想。

其实根本不堪一击。

区别

　　传统媒体还没有地震时,许多文人朋友也并非三头六臂,或者红头发绿眼睛,彼此看上去都差不多,从行文到服饰自成系统,相爱相轻相安无事。

　　后来互联网时代杀到,传统媒体全面沦陷,大批同行不甘坐以待毙,纷纷出走形成了自媒体群体,顿时感觉他们上天入地八面来风,非我族类。

　　有时候区别就是差距。

　　比如一个大瓜砸下来,我还在蒙圈,各种自媒体的文章已经开始滚动推出,里面有观点、立论、大量翔实的资料、视频,以及这一事件的前世今生。

　　我一直想不通他们是什么时候写的稿子。不睡觉啊赶出来的,朋友回答。

　　等我搞清楚了来龙去脉,也有了一点想法,换瓜了。

当然，我不是说文人都要去蹭热点写热评，有许多事情是需要慢功夫的这个没错，但是也不得不承认机敏的思维、快速的反应也是一种不容忽视的潜质和本领。就算是慢功夫，人生的态度也要积极，我见到许多体制内的同代人，已经被圈养得几乎废掉，根本什么都不会做也做不成，除了要待遇就是抱怨。

第二点是他们没有常规的护短意识。我们一直被教导每个人都有短板，要学会扬长避短。

然而我在自媒体同行的身上看到的却是：没有短板，披荆斩棘无所不能。

没有条件创造条件也要上。

不会演讲，不认怂，拼命讲。

还敢现场直播。

没写过广告，写，软文硬广一起上。

没带过货，可以学啊。

跟各种商业机构打交道，相爱相杀，车轮大战绝不退缩。

就是不信邪啊，现场练兵，老子没有短板。

也是一种精神对不对。我们干不过他们是一定的，我们有退路，还要顾着颜面，又不想露出破绽，所以也没法进步。

其次，自媒体的优势还在于有精准的服务对象。

他们就是为自己的受众和粉丝排忧解难的。吃瓜连同瓜子，全部实锤刨出来给你看；各种买买买，我告诉你什么东西最好最时尚;还互动,你把伤心事告诉我,现场解答出主意还让你绕开各种坑。

我们呢,我们只会说一些大而无当的话、正确的废话、鸡汤什么的,根本不知人间疾苦,就是站着说话不腰疼那种。

一有风吹草动就开始盘算猜猜猜,还要自忖,左一点好还是右一点好,又怕两头不靠岸,还要自保位置和利益。整个人就开始不好了。

不得不承认,世事风云会把同一战壕的人变成潜在的对手,这种时刻尤其能够看到一个人的能力、信念、拼搏精神、抗压反应等等最为真实的一面。有人说,没办法,他们是为生存而战甚至为赚钱而透支,说得好像我们被逼到那一步也会从身体到精神产生炸裂出现奇迹似的。

其实那只是一种想象而已,人的惰性强大到难以撼动,这个世界绝大多数的人是一边在痛下决心,一边在逃离现场;一边在羡慕强者的风光,一边在无尽的拖延中无法自拔。

所以,一定要向那些努力向上、自我挑战、有超强执行力的人学习。

无论你是甲方还是乙方。

后记

记得有一句歌词是:做最坚强的泡沫。

当时便有一种莫名的感动。

因为在这个世界上,深感生逢其时的人总是少数,来此一遭就是当亿万富翁、黄金企业掌门人的,来中六合彩着异装领奖金的。大部分的人跟虚高的房价、高压下的生存、弥漫的毒空气一样仅仅是一个泡沫。

长期以来,我一直都没有放弃写千字文的习性,除了编辑朋友的抬爱,皆因需要一种存在感。人生是一次漫长的旅途,内心是一条深水静流的长河。然而在其中的驻足、停顿、感慨、泪奔、无语或沉默,记录下来便成为短文或随笔,是一时的遐想或激荡,像风一样。或者是怎么能不写呢? 既然是一个文字工作者,还是要留有浅显的印记。

在一个越来越拜金越来越实际的社会,文字显得轻飘、无力,尤其是日益强大的互联网,似乎每个人都在写,写作已变得不仅没有门槛,甚至家常。但是谁在看呢?文学和文字总要寻找到自己的读者群。所以说寻找从未停止,一夜成名的写手大有人在。没有谁埋没谁、谁的文字埋没谁的文字这回事。

碰到有的读者,会说一句,你的专栏我都看了。说完便不语,没有任何评价。但我的心情也会平静而欣喜。这个时代,看了就已经足够。

这本书,是近年来的短文,也只能是浮躁律动时代的些许泡沫,得到可以结集的消息,几乎是意外的惊喜。如果可能的话,无论是闲翻或者助眠,抑或共情如"纸茶""纸博""抱团取暖",在此一并致谢。

《佛像前的沉吟》 二月河 著

《宽阔的台阶》 刘心武 著

《永远的阿赫玛托娃》 叶兆言 著

《鸟与梦飞行》 墨白 著

《和云的亲密接触》 南丁 著

《我的后悔录》 陈希我 著

《打败时间的不只是苹果》 须一瓜 著

《山上的鱼》 王祥夫 著

《书之书》 张抗抗 著

《我觉得自己更像个
　　卑劣的小人》 韩石山 著

《未选择的路》 宁肯 著

《颜值这回事》 裘山山 著

《纯真的担忧》 骆以军 著

《初夏手记》 吕新 著

《他就在那儿》 孙惠芬 著

《总有人会让你想起》 肖复兴 著

《我们内心的尴尬》 东西 著

《物质女人》 邵丽 著

《愿白鹿长驻此原》 陈忠实 著

《旅馆里发生了什么》 王安忆 著

《拜访狼巢》 方方 著

《出入山河》　　　　　李　锐　著

《青梅》　　　　　　　蒋　韵　著

《写给北中原的情书》　李佩甫　著

《星斗其文，赤子其人》汪曾祺　著

《熟悉的陌生人》　　　李　洱　著

《一唱三叹》　　　　　葛水平　著

《泡沫集》　　　　　　张　欣　著

《写给母亲》　　　　　贾平凹　著

《无论那是盛宴还是残局》弋　舟　著

《已过万重山》　　　　周瑄璞　著

（以出版时间先后排序）

图书在版编目（CIP）数据

泡沫集／张欣著. —郑州：河南文艺出版社，2020.8
（小说家的散文）
ISBN 978-7-5559-1002-2

Ⅰ.①泡… Ⅱ.①张… Ⅲ.①散文集–中国–当代 Ⅳ.①
I267

中国版本图书馆 CIP 数据核字（2020）第 091943 号

选题策划	陈　静
责任编辑	党　华
书籍设计	刘婉君
责任校对	梁　晓
责任印制	陈少强

出版发行	河南文艺出版社
本社地址	郑州市郑东新区祥盛街 27 号 C 座 5 楼
邮政编码	450018
承印单位	河南瑞之光印刷股份有限公司
经销单位	新华书店
开　本	787 毫米×1092 毫米　1/32
印　张	9
字　数	175 000
版　次	2020 年 8 月第 1 版
印　次	2020 年 8 月第 1 次印刷
定　价	38.00 元